딸에게 건네주는

손 때 묻은 책

글 김항심

딸에게 건네주는 **손때 묻은 책**

초판 1쇄 인쇄일 2016년 11월 2일
초판 1쇄 발행일 2016년 11월 7일

지은이   김항심

펴낸이   김완중
펴낸곳   내일을여는책
편집총괄 이헌건
디자인   구정남
관리실장 장수댁

인쇄   예림인쇄
제책   바다제책

출판등록 1993년 01월 06일(등록번호 제475-9301)
주소   전라북도 장수군 장수읍 송학로 93-9(19호)
전화   063) 353-2289
팩스   063) 353-2290
전자우편 wan-doll@hanmail.net
블로그   blog.naver.com/dddoll

ISBN   9788977460621 03810

딸에게 건네주는

손때 묻은 책

글 김항심

내일을여는책

프롤로그

곧 20대가 될 딸에게 보내는 편지에 건네주고 싶은 책을 담았다. 엄마의 경험과 생각이라는 보자기에 엄마가 읽어 손때가 반질반질 묻은 책을 곱게 싸서 곧 어미 품을 떠나게 될 아이 손에 들려주는 장면을 상상해보면 이 책의 전체적인 그림이 그려질 거다.

글을 쓰는 동안 자주 떠오르던 순간이 있었다.

내가 대학에 입학했을 때, 엄마는 기뻐하지 않았다. 가난한 살림이었던지라 "취직이나 하라"며 대놓고 말씀하셨다.

"대학을 가든지 말든지 알아서 하라" 하시더니, 정말 방을 구할 때도 나

혼자 하게 내버려뒀다. 대학 주변에서 가장 싼 자취방을 혼자서 덜렁 구해 놓고 있었는데, 엄마가 소식도 없이 자취방에 찾아왔다(그때는 삐삐조차 도 없던 시절이다).

버스를 두 번이나 갈아타고, 또 한참을 걸어서, 머리에는 빨간 고무 통을 인 채, 힘들어 죽겠다고 툴툴거리면서 자취집 대문을 밀고 들어오던 엄마 의 모습이 선명하게 떠오른다.

엄마가 이고 온 빨간 고무 통 안에는 양은냄비 하나, 수저 한 벌, 컵 하나, 플라스틱 식기 건조대, 작은 주전자, 라면 두 봉지, 당장 먹을 김치 한 통이 담겨 있었다. 무거운 데 뭐하러 이런 걸 가져왔느냐 툴툴거렸다.

"아무것도 못하고, 아무것도 모르는 아이니 잘 좀 봐주세요."

챙겨온 살림살이들을 정리해두고서 엄마는 주인집 할아버지께도, 지나 가던 과 선배에게도 연신 나를 부탁했다. 창피하니까 그만하고 얼른 가시 라 엄마 등을 내가 떠밀었다.

지금에 와서 더듬어보니 그게 엄마의 마음이었다. 애틋한 마음을 만질 수 있었던 귀한 순간이었는데, 그때는 몰랐고 지금은 알겠다.

내 아이에게 편지를 쓰면서 빨간 고무 통에 담아 오신 내 엄마의 마음을 자주 생각했다. 살림살이든 편지든 세상에 나갈 자식을 위해 무엇이든 챙겨주고 싶은 엄마의 마음은 같은 거다.

부모의 품을 떠나 곧 독립을 하게 될 아이의 스무 살은 엄마에게도 중요한 순간이다. 그 순간에 엄마들은 무엇이든 해주고 싶어 한다. 나는 아이에게 주고 싶은 말과 글을 쓰기 시작했다. 아이가 세상 속으로 힘찬 발걸음을 내딛을 수 있게 응원하고 싶은 마음이 글쓰기를 재촉했다.

편지의 수신자인 태은이는 뱃속에 있을 때부터 나와 이야기를 나누어온 아이다. 우리 사이에는 대화의 경계가 없다. 죽이 참 잘 맞는 친구다.

이 책에 실린 모든 글은 태은이와 주고받은 많은 말들을 씨앗으로 삼아 완성했다. 성에 대한 이야기를 할 때는 아이의 눈빛이 심하게 빛나고, 진로에 대한 이야기를 할 때는 시큰둥해 하는 등 대화의 온도차가 있긴 했지만, 대체로 신나게 여러 주제의 씨앗을 함께 나눴다.

주고받는 말이란 금방 잊혀지기 마련이라, 사라지기 전에 살을 붙여 글로 묶어두고 싶은 마음에 조금 서둘렀더니 태은이의 스무 살보다 먼저 완성이 되었다.

내가 책을 읽을 때마다 아이는 내 곁에 슬그머니 와서 부러운 눈빛을 보내곤 한다.

"엄마는 참 좋겠다. 책을 읽을 수 있는 시간이 많아서……. 엄마가 읽는 책은 모조리 내게 물려줘야 해!"

아직은 고등학생인지라 읽고 싶은 책보다는 수능 대비 문제집을 먼저 잡아야 하는 가련한 처지의 아이는 엄마가 줄 긋고 손때 묻혀놓은 책을 유산처럼 물려달라는 말로 자기를 위로한다.

생각해보니 아주 근사한 일이다. 내가 줄 그어가며 읽은 책을 물려준다면 아이에게 큰 힘이 될 수도 있겠다 싶다. 아이에게 물려줄 금수저는 없어도 책수저를 물려준다면, 책을 기둥 삼아 제 삶을 든든하게 세워갈 수 있겠구나 싶어 내가 외려 위안을 받는다.

아이가 성년식을 치른 어느 날, 서점에서 내 책을 만나게 되길 기대해본다. 이를테면 이 책은 아이보다 먼저 아이가 맞이할 미래로 마중 나가 있는 셈인 거다.

첫사랑에 들떠 있을 때, 무엇을 하고 살아야 하나 고민이 될 때, 사람과의 관계에서 괜히 위축될 때, 여성으로 사는 삶이 도대체 무엇인지 알고 싶어질 때, 무엇보다 자기 삶의 주인으로, 자기 경험의 저자로 서 있고 싶을 때 내가 쓴 글을 읽었으면, 내가 밑줄 그은 손때 묻은 책을 펴봤으면 한다. 책읽기와 글쓰기 그리고 여성주의를 단단한 지지대 삼아 자기 삶의 주인으로 잘 서 있기를 응원한다. 상상만 해도 신난다.

20대를 지나고 있을 태은이의 삶을 상상하며 글을 쓰다 보니 자주 뭉클했다.

강의 현장에서 만나는 젊은 아이들의 굽은 등을 조금 두드려주고 싶은 마음도 글에 담았다. 청춘의 시간을 건너고 있는 그들이 보이지 않는 미래의 일들로 두려움에 휩싸일 때, 이미 진 것 같은 패배감에 당장이라도 숨고 싶을 때, 책 속으로 걸어 들어가, 그들만의 이야기를 써 나갔으면 한다. 그들에게 이래라 저래라 훈수 두는 글을 보탠 건 아닐까 조심스럽지만, '엄마의 마음'이니까 이해해주지 않을까 싶다.
어떤 상황에도 좌절하지 않고 당당해지기를, 낙담하지 않기를, 포기하지 않기를, 자주 유쾌하기를. 부디 이 책이 그 아이들에게 작은 힘이 되었으면 좋겠다.

갱년기를 앞에 두고 삶에 공허감을 느끼는, 다 큰 아이에게 무엇을 해

쥐야 좋은 엄마일까 늘 궁금해 하는 내 또래 엄마들에게도 이 책이 소박한 영감을 주길 바란다. 아이가 성인이 되면 우리는 새로운 얼굴로 아이와 만나야 한다. 어른 대 어른으로 함께 성장해나가는 감탄의 순간을 만들어가야 한다.

중년의 엄마와 청년의 딸이 같이 읽기를 바란다. 먼저 읽고 딸에게 건네주는 아빠가 있다면 백점이다.

2016년 10월 가을바람이 좋은 날 **김 항 심**

CONTENTS

CONTENTS

태은 : 장애인의 반대말이 어떻게 정상인이야? 비장애인이라고
     몇 번을 말해줘도 계속 정상인이래.
나 :   누가 그런 후진 말을 했대?
태은 : 윤리 선생님이 수업시간에 한 말이야. 내 말은 들은 척도 안 하셨어.
나 :   답답하네.
태은 : 장애인 인권 문제를 다룬 책 한 권만 알려줘. 잘못된 생각을 하는
     사람을 보면 그냥 못 넘기겠어.

너에게
손때 묻은 책들을
건네주다

대학에서 처음 맞이했던 봄의 색깔은 푸른빛이었다. 새로운 세계의 문을 막 밀고 들여다본 그곳의 봄은 마음을 설레게 했지. 무엇이든 될 수 있을 것만 같았고, 이름을 일일이 붙일 수 없는 욕망들로 터져버릴 것 같았어. 마음 놓고 방황해도 되는 시간들, 걱정 없이 미래를 기대해도 되는 시간들은 대학에서의 첫봄이 나에게 허락해준 것들이었다.

엄마는 신나게 놀았다. 그때도 물론 취업을 위해 학점을 관리하고, 토익을 공부하는 동기들이 있었지만 나는 그들과 다른 삶을 날마다 증명하면서 지냈다. 친구들이 강의실에서 열심히 수업을 듣고 있을 때, 나는 선배들과 남자 동기들과 술 마시러 다니느라 바빴어. 날이 좋으면 좋으니까 마시고 비가 오면 비가 오니까 마셨지. 마실 이유는 날마다 새롭게 생겼어.

때가 되면 시험 기간이 내게도 돌아왔는데 친구들이 그동안 수업시간에 배워 왔던 것들을 답지에 채워 갈 때, 나는 내 생각대로 글을 지어 답지를 채웠다. 그래도 학점은 늘 비슷하게 나오더라. 시험이 끝나면 더 홀가분한 마음으로 또 마시고 놀았지.

엄마는 지금 '놀았다'고 쓰고 있지만, '놀았다'고 간단하게 요약할 수 있는 시간만 있었던 건 아니야. 나랑 술을 같이 마시던 예비역 선배들은 그 당시 사회에 대한 저항의식을 가지고 있었던 터라 술자리에서 많은 이야기가 오고 갔거든. 나는 1학년 '어린아이'라 안주나 먹으면서 선배들 이야기에 고개만 끄덕거렸을 뿐이었지만, 그런 선배들의 이야기들은 알게 모르게 나에게 많은 영향을 주었던 것 같아. 어떻게 살아야 잘 사는 것일까를 고민하게 만들어줬거든. 그때부터였던 것 같아. 자취방에 돌아와서 책을 읽기 시작하고, 서점을 다니면서 책을 사 모으기 시작한 것은.

어떻게든 멋있어지고 싶었던 시절, 평범하게 살고 싶지는 않던 그 시절, 책은 내가 생각하지 못했던 낯선 방향으로 머리를 돌리게 해주었어. 그렇기에 대학 들어가서 새로 만난 세계는 곧 책의 세계라 해도 과언이 아니야.

첫사랑을 잃고 난 뒤에 읽은 《데미안》은 나의 무기력한 껍데기를 벗겨주었고, 벚꽃 피던 날, 철학 수업 시간에 몰래 읽었던 최영미의 《서른, 잔치는 끝났다》는 시 읽기가 주는 기쁨을 알게 했고, 버지니아 울프의 《자기만의 방》은 여성이 자기 삶의 주인으로 사는 일은 투쟁의 과정이겠구나 하는 것을 자각하게 했어.

책을 한 권씩 읽어 나갈 때마다 나의 생각은 아주 조금씩 달라졌고, 다른 미래를 만들어 갈 수 있다는 기대를 품게 했다. 책은 생의 고비마다 새로운 문을 열 수 있는 문고리가 기꺼이 되어주었어.

책을 만나기 전까지의 내가, 그저 내게 열린 문으로만 다니면서 딱 허락한 만큼만 꿈꾸던 작은 아이였다면, 책을 만난 이후의 나는, 새로운 가능성의 문을 열어보는 걸 주저하지 않는, 조금은 용감해진 아이였다. 그제야 나는 내 삶의 주인 자리를 조금씩 만들어 나갈 수 있게 되었다.

20년 동안 어른 말씀 잘 듣고, 사회가 그어놓은 금 밖으로 나가지 않게 길들여져 온 아이를, 책은 그렇게 새로운 지평의 삶 속으로 던져주었어. 그 후 지나온 시간이 또 23년. 그 시간들이 지난 자리에는 내가 읽어낸 무수한 책들이 남긴, 내 삶의 흔적들이 남아있다. 책들을 통과해 오면서 벗어낸 과거의 껍질들, 새로운 문을 여느라 버렸던 이전 삶의 습속들.

그것들을 흐뭇한 마음으로 돌아보며, 새로운 문 앞으로 나를 데려다줄, 또 다른 책들을 지금도 탐색하고 있는 중이야. 머물지 않고 나아가게 하는 힘은, 책을 곁에 두는 한 닳아지지 않고 늘 새롭게 만들어지더라.

지금 네게 그 힘을 건네주고 싶은 마음에 편지를 쓴다.

너에게 손때 묻은 책을 물려주려는 이유를 조금 명쾌하게 정리할 필요
가 있겠구나.

먼저, 책이 갖는 의미를 새겼으면 좋겠다. 좋은 책은 삶을 비춰주는 거울
이야. 내가 잘 살고 있는지, 행복한지, 잘 가고 있는지 등등의 질문을 쉼 없
이 하지. 질문은 변화를 가져오고, 삶을 뒤흔들어. 또 책은 네 상처를 치
유해주기도 한단다. 심리상담소만이 아니라 책을 읽는 것만으로도 충분히
마음의 상처를 치유할 수 있지. 책은 사랑을 잃고 미칠 만큼 아플 때 너를
안아주고, 다시 사랑할 힘을 줄 수도 있고, 네 삶의 주인 자리를 만들어주
기도 할 거야. 점수를 따기 위한 공부, 스펙이 아니라 너의 존엄과 성장을
위한 공부를 '책읽기'로 해 나가기를 바라는 마음을 전하고 싶은 것이 엄마
가 읽은 손때 묻은 책을 물려주려는 첫 번째 이유란다.

두 번째 이유는, 내세울 것 하나도 없는 삶이라도 그걸 '쓴다'면 그 삶에
의미가 생긴다는 것을 보여주고 싶었어. 수많은 여성들의 작은 서사들이
여기저기서 쓰여져야 한다고 생각해.

엄마가 기뻐하고 아파하며 겪어냈던 '보잘것 없어 보이는' 이야기들 안에
는 엄마가 이뤄온 성장의 시간들이 담겨 있지. 사회에 큰 이름을 내지 못
한, 우리 같은 평범한 사람들의 이야기는 애써 드러내지 않으면 사라지고
말지. 그렇다고 의미 없는 삶이냐 하면 물론 그건 아냐.

내 삶에 권위를 부여하려면 내 삶의 이야기를 지금 여기서부터 해 나가
야만 한다. 엄마의 삶과 성장의 시간을 읽으면서 너도 너의 이야기를 써 나

가기를 바라는 마음이야. 네가 어디서 어떤 모습으로 있든, 사회가 요구하는 모습으로 살든 아니든, 성취를 이뤘든 못 이뤘든 있는 그대로 너를 존중할 수 있으면 해. 바깥의 기준에 너를 맞추려 애쓰지 않고, 네 안의 목소리를 따라 그걸 써 나가는 거야. 글쓰기로 네 삶에 의미를 부여해 나가렴. 다른 사람에게 네 삶의 해석을 맡기지 마라. 책을 곁에 둔다면 할 수 있는 일이지. 네 삶을 긍정하게 하는 책들의 목록을 너만의 것으로 채워가다 보면 어느새 네 경험의 저자로 반듯하게 서 있는 너를 만나게 될 거야.

세 번째 이유는 삶 앞에서 당당해지자고 말해주고 싶어서야. 무한경쟁 시대를 살아가는 청춘들이 불안해하고 있어. 헬조선이니 N포세대니 하는 단어들을 들을 때마다 마음이 아파. 잔인한 경쟁 안에서 분투하다 보면 마음속에는 불안함이 생기고, 자기를 자꾸 재촉하다 보면 자긍심을 잃게 돼. 사회변화를 위해 노력하는 것 못지않게 자기 마음속의 긍지를 심어주는 일도 같이 해 나가야 한다. 책이 모든 것을 해결해주지는 않지만 적어도 자기 긍지를 심어주는 데는 도움이 된단다. 지방대 졸업해서 변변한 사회적인 자리 하나 갖고 있지 않은 엄마가 주눅 들지 않는 자긍심을 갖고 있는 것은 뒷배에 오래 두고 읽었던 책들이 있기 때문이란다.

엄마가 들려주는 이야기를 읽고, 엄마가 줄 그어 물려준 책을 찾아 읽을 마음이 생긴다면, 일단 엄마의 편지는 의무를 다한 거다.

자, 가을이 깊어지고 있구나. 며칠 전에 네가 물었지. 이성과 감정이 충돌할 때 엄마는 어떻게 하느냐고. 엄마는 이성을 따른다고 대답했지만, 지금은 수정하고 싶구나. 가을에는, 감정이 시키는 대로 조금 뒤도 되지 않을까 싶다. 허락되지 않는 감정이라도, 가을이니까, 바람이 부는 때니까.

아직도 가야 할 길 / 모건 스캇 펙, 최미양 역 /
2011, 율리시즈

돈으로 살 수 있는 최고의 교육을 받을 수 있었던 청년, 그 학교만 졸업한다면 사
회적 성공으로 난 길을 편안하게 걸어가기만 하면 되는 삶이 보장되었던 스캇 펙
은 자기 삶을 자기 손에 움켜쥐기 위해 학교를 과감하게 그만두었어.

아버지는 미쳤다고, 제 정신이 아니라고 아들을 질책했고 우울증이라는 병명을
달아 정신병원에 입원을 시키지. 입원을 하루 앞둔 스캇 펙은 신의 소리인지 내
면의 소리인지 모르지만, 무의식 저 깊은 곳에서 들려오는 소리를 듣게 된단다.

"인생에 있어서 유일하고 진정한 안전이란 생의 불안정을 맛보는 데 있는 것
이다."

이 목소리를 들은 스캇 펙은 온전히 자기 자신이 되겠노라고 다짐하면서 자기 생
을, 운명을 스스로 움켜쥐게 돼. 스무 살도 되기 전인 아주 어린 나이에 말이다.

《아직도 가야 할 길》은 스캇 펙이 어떻게 자기의 생을 자기 손에 움켜쥐게 되는지
에 대한 역사를 담은 책이라 할 수 있어. 자기 삶을 치열하게 벼려본 자만이 들려
줄 수 있는 이야기들이 책 속에 빼곡하단다. 이제 막 성장해가는 사람들에게 주
는, 친절하지만 단호한 메시지가 가득 담겨 있지.

엄마가 네게 손때 묻은 책을 물려주려는 이유를 찾을 수 있는 텍스트가 아닐까 한다. 네게 줄 단 한 권의 책을 꼽으라 한다면, 《아직도 가야 할 길》이 아닐까 싶어.

 엄마가 그은 밑줄

즐거움을 나중으로 미루는 것은 삶이 주는 고통과 즐거움을 맛보는 순서를 정한다는 것이며 이렇게 먼저 고통을 맞고 겪고 극복함으로써 즐거움은 배가 된다. 이것이 품위있게 살아가는 유일한 법이다.

기꺼이 시간을 낼 마음만 있다면 무슨 문제든 해결할 수 있다. 많은 사람들이 삶의 지적, 사회적, 영적인 문제를 해결하는 데 필요한 시간을 들이지 않기 때문에 해결되지 않을 뿐이다.

자신을 확장하는 것은 말하자면 우리의 자아가 새롭고 익숙하지 않은 영역으로 들어가는 것이다. 우리의 자아가 새롭고 다른 자아가 된 것이다. 우리에게 익숙하지 않은 일을 하는 것이다. 우리는 변화한다. 변화의 경험, 즉 익숙하지 않은 행위, 낯선 환경에 기꺼이 처하는 것이다. 이것이 바로 아직도 가야 할 우리만의 길이며 사랑만이, 오직 실천과 의지로 표현되는 사람만이 이 길을 가게 한다.

태은 :   키스할 때 어떤 느낌이야?

나 :   달콤하기도 하고 뜨겁기도 하고 별 맛이 없기도 하고.
         그때 그때 다르지.

태은 :   나도 해보고 싶다. 아무래도 엄마랑 하는 뽀뽀와는 전혀 다른 느낌이겠지?

나 :   당연하지. 그게 같겠냐?

두 번째 편지

첫 경험은
영리하고 쌈박하게

남미 볼리비아에는 '우유니'라는 소금사막이 있다. 1억 년 전의 지각변동으로 바다가 땅 위로 솟아올랐는데, 시간이 흐르면서 갇히게 되었대. 바다가 호수가 된 거지. 여기에 바람과 햇빛이 바닷물을 몽땅 증발시켜서 소금만 남아 소금사막이 된 거래. 비가 살짝 내리는 날엔 수면 위에 물이 얇게 퍼지면서 모든 것을 거울처럼 투명하게 반사하는데, 이때 하늘과 소금사막이 우주처럼 하나가 되어 끝없이 펼쳐진다고 해. 여행자들이 꼽는 명장면이라는데, 엄마도 언젠가 꼭 가보고 싶구나. 여행객들을 압도하는 이 거대한 광경 앞에서, 연인이라면 백이면 백 모두가 이 소금사막의 한가운데서 뜨거운 키스를 나눈다는 걸 어디선가 읽은 적이 있어. 직접 보지는 못했지만 상상만으로도 충분히 멋지지 않니?

우주처럼 끝없이 이어지는 거대한 사막 한가운데에 서 있으면, 사람은 극도의 불안감을 느낄 것 같아. 거대한 우주 속의 한 톨 소금처럼 도무지 사람으로서의 존재감을 느낄 수가 없는 거지. '나는 소금 한 톨만큼의 자리도 차지하지 못하는구나. 살아있어도 살아있는 것 같지 않구나' 하는 존재에의 불안감에 미쳐버리기 일보 직전이 된다지. 바로 그때 옆에 있는 사람과 뜨거운 키스를 나누게 되는 거래. 살아있음을 느끼고 싶어서, 존재하고 있다는 증명을 하고 싶어서 옆 사람의 더운 체온을 빌리는 거지.

태은아, 지금 네가 맞이하고 있는 스물의 나이가 엄마에게는 우유니 소금사막처럼 보이는구나. 소금사막에서 나누는 뜨거운 키스만큼이나 네게 주어진 광활한 청춘의 시간 위에서 가장 하고 싶은 일은 연애가 아닐까 짐작하는데, 어때? 맞니?

엄마도 네 나이 때 그랬거든. 화창한 캠퍼스 잔디밭에 멋진 남자친구와 앉아 있는 장면을 상상하면서 따분했던 공부의 시간을 참아냈지. 너도 이제껏 가장 뜨거운 '이팔청춘의 시기'를 참고 넘겼으니, 활활 불태울 시간만 남았다. 부럽구나 부러워.

그리하여 가장 시급한 편지의 주제로 첫 경험을 가져왔단다. 준비 없이 당하는 첫 관계는 없기를 바라는 마음이 간절해서, 조금은 영리하게 네가 겪을 모든 '첫' 경험은 오로지 네가 선택하고 책임졌으면 하는 마음이 커서, 엄마가 해줄 수 있는 몇 가지 당부의 말을 해주려 해.

적어도 첫 키스는 상큼해야 하는 법이고, 첫 경험은 두고두고 꺼내보고 싶은 생의 명장면이 되어야 하니까 말이야.

네 또래 아이들이 성에 대해 잘 알고 있는 듯해도 사실은 모르는 것이 더 많거든. '알 건 다 알거든요?' 하고 말하지만, 뭘 똑떨어지게 제대로 알고 있는 것이 별로 없을걸? 로맨틱하게 상대를 배려하면서 하는 성관계가 얼마나 즐거울 수 있는지 배운 적이 없으니, 모두들 첫 경험은 술기운을 빌려서, 엄벙덤벙, 힘쓰는 일로 해치우는 경우가 대부분이야. 남자는 남자대로, 여자는 여자대로 서로 다른 방식으로 경험하고 상처받는 묘한 일이, 바로 너희가 겪는 첫 경험의 실체지.

먼저 성관계라는 것이 도대체 무엇인지 생각을 좀 해봤으면 해. 지금 네 곁에 성관계를 하고 싶은 누군가가 있다면, 그 사람과 성관계에 대해 충분한 이야기를 주고받아야 해. 쑥스럽더라도 피하지 않고 소통할 수 있어야 행복하고 충만한 성관계를 가질 수 있는 것이란다.

성관계는 육체적인 절정의 기쁨을 느끼기 위해서 하는 것만은 아니어야 한다. 단순히 물리적인 몸의 쾌락만 느끼려고 한다면 굳이 성관계가 아니어도 가능해. 자위로도 충분히 몸의 쾌락은 느낄 수 있으니까 말이야.

여기서 한 단계 더 깊이 들어가는 사유가 필요한데, 성관계란 소금사막에서 나누는 키스와 같은 것이라 할 수 있지. 즉 내가 존재하고 있는 이유를 가장 뜨겁게, 가장 사랑스럽게 증명할 수 있는 상대와 나누는 몸의 교감이 바로 성관계인 거야.

'야동' 속에서 펼쳐지는 속물적인 몸의 놀림들을 성의 전부라고 생각하지 말아라. 진짜 성은 머리부터 발끝까지 두 사람의 모든 피부와 말초신경까지 하나씩 세심하게 품어주는 그런 지극한 정성을 주고받는 관계 안에 있단다.

정성어린 성관계를 하면 '내가 괜찮은 사람이구나, 사랑받고 있구나' 하는 느낌이 마음에 차올라. 그냥 힘 조금 쓰다가 끝내버리는 이기적인 성행위(관계가 아니라 행위라고 썼다. 현명한 너이니까 차이를 알아차리리라 믿어)는 마음에 상처와 수치심을 남길 뿐이야. 굳이 겪어보지 않아도 될, 기분 좋지 않은 경험이니 미리 엄마의 당부를 조언 삼아 영리한 준비를 하기 바란다.

괜찮은 성관계를 이렇게 정의하는 과정을 거쳤다면, 그 다음은 누구와 성관계를 할 것인가의 문제가 있겠지? 엄마는 촌스럽게 사랑하는 사람하고만 성관계를 하라는 말을 하고 싶지는 않구나. 너무 '올드한' 사고잖니? 다만 어쩌다 술기운 빌어서 하는 성관계, '원나잇'으로 만난 사람과 하는 성관계에는 신중하면 좋겠구나. 그냥 육체적인 쾌락만을 위한 성관계만큼 공허한 일은 없다고 생각해. 잘 알던 사람이라도 술에 취해서 실수로 하는 성관계 또한 드라마처럼 로맨틱하지는 않지.

기준은 하나야. 성관계가 있고 난 다음 날, 내 마음이 어떨까를 미리 상상해보면 답이 나온단다. 자책과 후회가 남을 관계라면 애초에 하지 않는 것이 현명한 방법이야. 교감이 제대로 이루어지고, 존중과 배려가 있는 따뜻한 성관계였다면 편안한 충족감이 생길 거야. 그 사람과 계속 무엇인가 나누고 싶은 마음이 생기는 거지. 지금 옆에 있는 사람과 성관계를 해도 될까 고민이라면, 이 두 마음을 미리 상상해보면 좋을 것 같구나. 어떤 마음을 남기고 싶은지를 생각하면 선택이 한결 쉬울 거라는 거지.

모든 성관계에 도덕적이고 윤리적인 잣대를 들이댈 필요는 없단다. 두 사람이 충분히 고민하고 함께 결정했다면, 그 행위가 누군가에게 상처를 주는 것이 아니라는 전제만 있다면, 모든 성관계는 그 자체로 옳은 것이니까. 문제는 자기가 결정권을 행사하는 것이고, 영리하게 운용하는 것일 뿐 성관계를 했다고 누가 누구의 소유가 되었다고 생각하거나, 둘의 관계를 평생 책임져야 한다는 어리석은 생각은 말기 바란다. 아니다 싶을 때는 쿨하게 정리할 수 있는 것이 남녀관계란다.

성관계의 모든 책임은 스스로 각자 짊어지는 것임을 명심하면서 제발 성에 관한 괜찮은 책을 좀 읽자. 야한 동영상보다는 작품성 있는 영화에 나오는 베드신이 훨씬 야하고, 인터넷에 떠도는 성담론보다 문학에 묘사되는 성담론이 훨씬 재밌으니, 참조하렴. 성은 아는 만큼 즐길 수 있으니까, 이왕이면 영리하게 배우고 현명하게 즐기자.

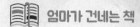

스무 살 전에 알아야 할 성 이야기 /
앤 마를레네 헤닝, 티나브레머-올레브스키 공저, 김현정역 /
2013, 예문출판

엄마의 책장에 오랫동안 꽂혀있던 책인데, 어쩌면 너는 엄마 몰래 진작 읽었을지
도 모르겠다. 독일 성교육 책은 우리나라보다 10년은 앞서 있지. 제목이 '스무 살
전'인데, 우리나라 정서로는 '스무 살 이상'이 맞단다. 제목은 그저 그렇게 평범해
보이지만 펴보면 눈이 번쩍 뜨일 만큼 성에 관한 모든 것들이 담겨 있어. 어른들
도 두루두루 읽기를 바라는 책 중의 베스트란다. 성관계를 하고 싶은 남자가 옆
에 있거든 이 책을 먼저 꼭 함께 읽어 보기를 바라.

성에 대해서는 보통 두 가지 태도에 머무르지. 하나는 '다 알고 있다는 태도이고
또 하나는 부끄럽게 뭘 배워야 하느냐는 태도. 보통 남성은 전자, 여성은 후자에
가까워. 사회적으로 성에 대한 기준 자체가 이중적이기도 하고 말이야.

이 책의 저자와 같은 목소리로 엄마 또한 이렇게 말하고 싶다. '청년들이여, 섹
스를 배워라!'

책 속에는 청년들이 알아야 할 성에 관한 다양한 영역들의 정보가 세밀하게 서
술되어 있어. 사랑을 나누고 섹스를 하는 일이 서로의 행복과 성장을 위해 얼마
나 가치 있는 일인지 알려준단다. 그동안 포르노와 하이틴 로맨스류의 텍스트

가 알려준 성의 세계와는 아주 다른 세계가 펼쳐진다는 것, 기대에 찬 눈을 가져도 좋아.

엄마가 그은 밑줄

'왜 자꾸 달려들지? 내가 원하지 않는다고 분명히 말했는데.' 오해가 생기고 어긋나는 상황이 계속된다. 이럴 때 방법은 단 하나다. 바로 숨김없이 말하는 것이다. 남자들이여! 하고 싶어 하지 않는 여자를 설득하려 들지 마라. 아니라고 하면 아닌 것이다. "왜 하기 싫은 거야?"라고 계속 묻는다면 오히려 역효과가 날 수 있다. 이 게임에서는 페어플레이가 중요하다.

실망과 질투, 외도 이 세 가지 문제는 모두 자존감과 관계가 있다. 자기 자신을 사랑하는 사람은 누군가에게 지속적으로 부당한 대우를 받는 것을 용납하지 않으며 다른 사람을 부당하게 대우하지도 않는다. 자기 자신을 사랑하는 사람은 파트너에게도 믿음을 가지고 충분한 자유를 허락할 수 있다. 이것은 길고도 행복한 연인 관계를 위한 기본 전제조건이다.

성의 우주는 무한하며, 성을 즐길 수 있는 방법은 실로 무수하다. 요란한 섹스를 하지 않고서도 온전한 즐거움을 느끼는 사람이 있는가 하면, 강렬한 자극 없이는 만족감을 얻지 못하는 사람도 있다.

태은 : 어릴 때는 아기 낳을 때만 섹스를 하는 줄 알았어.

나 : 그럼 엄마는 딱 두 번만 한 거네? 딸이 둘이니까.

태은 : 내가 그렇게 순진할 때가 있었다니까.

나 : 지금은 다 알고?

태은 : 엄마는 내 나이가 몇인데, 알 건 다 아는 나이지.

성적 희열에
몸을 맡겨

오늘의 편지는 조금 쑥스러운 내용일 수도 있겠어. 어쩜 뻔한 이야기일 수도 있고, 어디서도 들어보지 못한 이야기일 수도 있겠다.

어쨌든 적어도 지금까지는 '엄마가 딸에게' 전해주는 글에서 '성적 희열'에 대한 내용이 있는 걸 발견하지는 못했어. 어쩜 이 편지는 엄마가 딸에게 들려주는 성적 희열에 관한 보기 드문 글이 될 수도 있겠다는 생각이 드는구나.

알다시피 엄마가 하는 강의 과목 중에 성교육이 있잖니? 현장에 나가면 아이들에게 성에 관해 궁금한 것이 있으면 질문을 해보라고 한단다. 어떤 질문이 제일 많이 나올 것 같아? "아기는 어떻게 만들어져요? 어디로 나와요?" 이런 질문은 이제 초등학생도 하지 않는단다. 대신 "부모님들도 섹스를 해요? 섹스를 하면 기분이 좋아요? 오르가슴은 도대체 어떤 느낌이에요?" 하는 질문을 해.

처음에 질문을 받았을 때는 엄마도 꽤 당혹스러웠는데, 생각해보니 정말 궁금한 것에 대한 답변을 이 아이들이 들을 수 있는 창구가 별로 없겠다 싶더라고. 그래서 가장 솔직한 언어로 대답을 해주게 되었단다.

성에 대해 아이들이 궁금한 것이 설마 정자와 난자가 어떻게 만나는지, 아기를 낳을 때 얼마나 아픈지 뭐 이런 거겠니? 안타깝게도 우리나라에 출판되어 있는 성교육 자료는 대부분 생물학적이고 의학적인 지식만을 다루고 있단다. 정말 궁금한 것은 어디에서도 들을 수가 없는 거야. 부모들하고 성 이야기를 나눌 수 있다면 다행인데, 아직은 먼 나라 이야기지. 그러니 야한 동영상이나 찾아보고, 친구의 경험담이나 들으면서 성에 대한 환상을 켜켜이 쌓아가게 된단다.

자, 오늘 엄마는 네 또래 친구들이 가장 궁금해 하는 것에 대해 이야기해보려 한다.

섹스는 정말 끝내주는 느낌을 가져다 줘. 거기에다 '성적 희열'이라는 이름을 붙이든 오르가슴이라는 이름을 붙이든, 그 느낌은 존재의 살아있음을 확인시켜주지. 사람들이 섹스를 하려는 이유야(생식의 수단으로서의 섹스는 여기서 다루는 주제가 아니란다).

오르가슴이라는 성적 쾌락의 정점, 이 느낌은 부끄러워해야 할 것이 아니라 적극적으로 찾고 추구해야 하는 거야. 아무리 생각해도 부끄러워해야 할 일이 아닌데 왜 어두운 곳에서 은밀하고 음침하게 죄의식을 느끼게 하는지 모르겠어.

사람은 태어나면서부터 자기 존재감을 획득하는 방법으로 타인과의 신체적 접촉을 이용한단다.

만지고 부비면서 살과 살의 따사로운 포개짐이라는 접촉을 통해 실체로서의 자기 몸을 인식하게 되는 거지. 이 원초적인 느낌은 지금 네 몸에 깊숙하게 각인되어 있단다. 이 느낌을 찾아 끝없이 확장시켜 가는 것이 바로 섹스에서 경험할 수 있는 오르가슴이란다.

사람마다 오르가슴이 어떤 느낌인지 다 다르게 표현한다. 심장이 터지는 듯한, 허리가 꺾일 것 같은, 머리끝까지 소름이 돋는, 가려운 데를 긁은 듯이 시원한, 세포 하나하나가 터져버릴 것 같은, 몽롱하고 나른한, 기분 좋은 따스함이 온몸에 퍼져 있는 듯한……. 오르가슴은 하나의 느낌으로 뭉뚱그릴 수 없는, 이 지상에 존재하는 사람들의 수만큼이나 다양하게 표현할 수 있는 느낌이라는 거야.

가부장제 사회에서 특히 여성은 성적인 느낌을 적극적으로 찾는 것을 부끄럽게 여기도록 교육받아 왔지만 개의치 말고 너만의 오르가슴을 찾는 일을 부끄러워하지 않았으면 좋겠구나. 네 몸의 쾌락을 찾아가는 일은 네 존재를 긍정해가는 과정이고 네 몸을 가장 구체적으로 사랑하는 과정이거든. 누군가에게 받는 사랑이 아니라 네 몸을 스스로 사랑해주는 것이 자존감 형성에 있어서는 가장 의미 있는 토대가 된다는 걸 잊어서는 안 된다.

네 몸의 쾌락, 성적인 희열감을 찾는 첫 번째 단계는 네 몸을 충분히 느껴보는 것에서 시작할 수 있어. 어릴 때부터 부끄러운 곳이라고 숨기기 바빴던 네 몸의 부분을 자유롭게 만질 수 있어야 해.
자위를 통해 몸의 충만함과 부드러운 만족감을 느껴본 사람이라면 성적 쾌감이 주는 존재론적인 기쁨도 충분히 알 수 있게 된단다. 어릴 때부터 자기 몸에 대한 감각을 잘 익혀가도록 돕는 일이 가장 중요한 성교육의 일부가 되어야 하는 이유기도 해.
자기 몸에 대한 탐색은 금지당한 채 포르노에서 보여주는 성적인 쾌락만을 성의 전부라고 생각하게 되는 것만큼 위험한 일도 없지. 자기 몸의 쾌락을 이해할 수 있어야 포르노 속의 신음소리가 거짓임을 알 수 있게 되는 거야.

자기 몸으로 도달할 수 있는 기분 좋은 느낌이 어떤 것인지 충분히 알게 되면 성적인 관계에서의 오르가슴 또한 탐색할 수 있게 된다. 둘의 관계를 통해 닿을 수 있는 오르가슴의 정점은 상상 이상의 느낌을 가져다 주지. 둘의 동의만 전제되어 있다면 어떤 행위, 어떤 체위, 어떤 손짓도 다 허용된단다. 서로의 몸을 정성들여 탐색하고 만지고 부비고 입 맞추는 것, 성기를 결합하는 것, 격렬하고도 부드러운 몸놀림 등 그 무엇이라도 좋아.

상대의 몸을 아끼고 존중하는 데서 나오는 사려 깊은 손길은 온몸의 세포를 열어준단다. 상대가 내 몸을 사려 깊게 만져주려면 그 사람과의 관계에 사랑 혹은 최소한의 신뢰가 있어야 해. 시간을 두고 오래 사귄 사람일수록, 오랜 관계를 통해 성적인 소통이 잘 되는 사이일수록 더 깊은 몸의 느낌을 찾을 수 있다는 말도 해주고 싶다. 사람에 따라서는 오래 사귀든 그렇지 않든 상관없이 성적인 소통을 아주 잘 이뤄낼 수 있다는 것은 굳이 말하지 않아도 알겠지?

성적인 소통이 잘 이루어지면서 서로의 몸을 정성스럽게 포갤 수 있을 때 오를 수 있는 정점의 감각은 말로 표현하기 어려울 정도야.

섹스는 서로의 존재를 깊숙하게 안아주는 행위이고, 서로의 존재를 몸으로 만나는 진지한 과정이어야 해. 이런 관계에서 느끼는 오르가슴은 성기만을 자극해서 느낄 수 있는 쾌감하고는 다르단다. 부끄러움 때문에 모른 척하지 말고 자신 있게 탐색해 나가길 바란다.

네 존재를 크게 긍정하는 방법이며 자존감을 키우는 길이기도 하다는 사실을 기억했으면 한다. 여성주의자들이 말하길 여성의 성감대는 온몸에 퍼져있고, 여성의 오르가슴은 모든 창조력의 기폭제가 된다고 했다. 네 몸의 주인은 너라는 가장 강력한 증거가 될 그 성적 희열을 네 온몸에서 찾아내었으면 좋겠다.

네 방에 아마존을 키워라 / 베티 도슨, 곽라분이 역 /
2001, 현실문화연구

이 책 뒤표지에 실린 추천의 말을 옮겨야겠다.

한마디로 경이로운 책이다. 오르가슴의 진통효과를 발견하거나 60대의 어머니
에게 바이브레이터를 선물하는 등 수많은 여성들에게 유쾌한 도발을 가능하게
만든 베티 도슨의 순교자적인 반란은 현대 페미니즘 이후를 살고 있는 우리 모두
가 감사해야 할 축복이다. (류숙렬, 페미니스트 저널 〈이프〉 편집위원)

베티 도슨은 '자기 사랑'의 방법을 언어와 행적으로 보여주고 있다. 그녀의 수다
스러움을 조금만 참아낸다면 스스로 가둬놓았던 한계를 넘어 새로운 차원을 여
는 기쁨을 알 수 있을 것이다. 어떤 문을 열 것인가는 물론 각자 취향에 따라 다
르겠지만. (최보문, 가톨릭의대 정신과 교수)

엄마의 책장에 아주 오래전부터 꽂혀있던 책인데 꺼내 읽은 것은 오래지 않은 일
이야. 성교육 강사고 여성학을 전공한 엄마로서도 엄청나게 파격적인 내용이 가

득해. 그런데 다 읽고 나면 이 내용을 파격으로 이해할 만큼 우리 사회가 여성의 성적 쾌락에 참 많이 무지하구나 하는 것을 깨닫게 되지.

여성의 성적 쾌락을 적극적으로 탐색하는 일은 여성적 주체성을 찾아가는 것과 다르지 않아. 그런 점에서 《네 방에 아마존을 키워라》는 성적인 관계에서 주체적인 지위를 가지려면 자기 몸과 자기 욕망의 주인이 먼저 되어야 함을 알려주고 있는 책이라 할 수 있어. 카프카는 "책은 우리 안의 낡은 사고의 틀을 깨는 도끼여야 한다"라고 했지. 이 책은 가부장제 사회에서 남성 중심적인 성담론에 익숙해져 있는 우리의 낡은 성적 가치관에 마구 균열을 내는 즐거움을 담고 있단다.

  엄마가 그은 밑줄

내가 겪은 성적 경험들을 종이 위에 옮기기 시작했다. 그러한 결정은 내게 중요한 일이었다. 이런 작업은 창의적이었기 때문에 사회적 제약과 검열에 대항하여 끊임없이 싸워야만 했다. 무엇보다도 사람들이 어떻게 생각할까라며 스스로에게 적용했던 자기검열이야말로 가장 심한 억압이었다.

성 에너지와 그것이 가져다주는 창조적 힘은 여름철 태양의 뜨거운 열기와 보름달의 찬란함보다 더 생생한 우리들 생명력의 원천이다.

내가 처음 성에 대해 가르쳤을 때 직면했던 여성문제들은 10년이 지나고 20년이 지난 지금도 여전히 여성들을 괴롭히고 있다. 남자와 여자 모두 좋은 관계를 유지하면서 오르가슴에 이르는 섹스를 배울 수 있는 방법은 없을까?

중요한 것은 자기애로서, 자기애가 항상 최우선의 과제다. 좋은 협력관계는 두 사람이 상당한 수준의 자긍심을 가지고 있어야만 가능하다. 터놓고 하는 대화, 다양한 형태의 합의와 타협 그리고 세세한 협상이 상호 이해의 필수불가결한 요소들이다.

태은 : 대학 들어가면 당장 연애부터 할 테야!

나 : 당연하지. 엄마가 다 설렌다.

태은 : 근데 괜찮은 남자를 어떻게 찾지?

나 : 좋은 남자를 보는 눈을 길러야지.

태은 : 그니까 어떻게 고르냐고?

나 : 네가 좋은 여자가 되면 돼. 좋은 사람 눈에는 좋은 사람이 보이니까.

안전한
울타리에서,
섹스

대학에 다닐 때 자취를 했는데, 금요일 오전이면 모든 수업이 다 끝났단다. 오후가 되면 캠퍼스가 썰렁해지지. 만날 친구도 없고 특별히 할 일도 없어 오후 3시쯤 돌아오면, 자취방엔 한낮의 열기만 가득하곤 했어. 쪽창으로는 여전히 뜨거운 햇빛이 비치고 있고, 그때부터 밤까지 무료한 시간이 느리게 지나가는 거지. 마냥 방바닥에 엎드려 있으면, 정말 외롭다는 생각이 사무치는 거야. 방바닥에서 따뜻한 두 팔이 올라와 나를 안아주었으면 하는 상상을 했을 정도라니까. 잠깐 잠이 들었다가 깨어나 봐도 해는 저물지 않고, 대체 시간을 어떻게 견뎌야 할까, 아득해지지.

마음이 아득해지면 혼자 있는 것이 두려워지고, 혼자 있는 시간이 두려워지기 시작하면 다른 사람의 온기를 그리워하게 되어 있어. 바로 이런 순간을 잘 견뎌야 한다는 말을 너에게 전하고 싶어서 말문을 열어본다.

사람은 배가 고플 때 무엇이든 가리지 않고 먹게 되듯이, 외로움에 사무칠 때 사람을 가리지 않고 만나는 경향이 있어. 무슨 말이냐 하면, 외로움을 잘 데리고 놀 줄 아는 사람, 혼자 있어도 외로움을 무서워하지 않고 즐길 줄 아는 사람만이 제대로 된 만남을 할 수 있는 거란다. 혼자 서 있을 힘이 없거나 외로움에 자기를 맡겨두기를 두려워하는 사람은 섣부르게 사람을 곁에 두려고 해. 사람을 곁에 둔다고 외로움이 감해지는 것은 절대 아닌데 그걸 모르는 거지. 상대가 어떤 사람인지 알아보기도 전에, 당장의 외로움을 조금이라도 없애보려고 온기를 빌려오는 거야. 곧 식을 온기에 상처를 받을지도 모른다는 사실을 잠시 잊은 채.

너희들 나이는 잦은 외로움에 지치기 좋은 때라 연애를 쉼 없이 꿈꾸고 실행하는 것일 테지. 혼자 자신 있게 서 있지 못하면 곁에 있는 사람에게 기대게 마련이란다. 제 아무리 '사랑'이라고 포장해도, 그 안에는 홀로 서기 두려운 연약한 사람의 나약한 마음이 들어있어. 그걸 똑바로 볼 수 있어야 해. 그러니 연애를 꿈꿀 때, 남자와의 사랑을 시작할 때는 내가 지금 홀로 당당하게 서 있을 마음의 힘을 가지고 있는지를 먼저 챙기자꾸나.

이것이 네 자신을 위해 스스로 쳐야 하는 첫 번째 안전 울타리란다. 연애에서 누구에게도 부담을 주지 않고, 상처를 주고받지 않을 최소한의 울타리는 스스로 잘 서 있는 자세를 갖추는 것임을 잊지 않기 바란다. '연애 관계'라 썼지만, 성관계라 읽어도 무방하다. 다 포함하는 관계려니 여겨라.

지금부터는 문장의 톤을 조금 가볍게 해서, 어떤 사람과 성관계를 가져도 되는지 실질적인 팁을 알려주려고 해.

지난번 편지에서는 '자기 결정권은 스스로 행사할 수 있어야 한다'라고 말했고, 이번 편지에서는 스스로 '홀로 설 수 있을 때 사람을 사귀어라' 하고 말하고 있다. 이 정도만 갖춰지면 그 누구와 어떤 연애를 해도 간섭하고 싶은 생각이 없다. 네가 어떤 성적 정체성을 가지고 있는지, 어떤 성적 취향을 갖고 있는지 모두 네 자유다. 네 선택이라면 옳은 선택일 테니, 혹여라도 세상의 어떤 기준과 잣대를 근거로 부끄러워하거나 주눅 들지 않기를 바랄 뿐이다.

다만 연애 좀 해본 사람으로서 네가 상처를 받지 않았으면 하는 마음으로 피하면 좋겠다 싶은 사람의 유형에 대해서는 이야기를 좀 해보려 한다. 남들이 말하는 흔한 기준은 말하지 않을 거다. 하나마나 한 말을 하는 건 잔소리일 뿐. 남들은 미처 보지 못하는 미묘한 기준을 말해볼 테니 들어나 보렴.

　네 스스로를 지키기 위해 쳐야 할 두 번째 울타리는 사람을 가려서 관계를 맺는 것이다.

　작가 공지영은 《딸에게 주는 레시피》에서 만난 지 얼마 되지도 않았는데 선물이나 꽃을 안겨주는 남자를 경계하라고 하더구나. 작가의 주관적인 생각일 뿐이지만 그가 제시한 근거는 고개를 끄덕이게 만들었다. 자기 스스로에게 자신이 없는 사람이니까 선물로 환심을 사려는 거라고 말이야. 엄마도 지극히 주관적인 기준 몇 가지를 말해주려고 해. 정답이라 할 수는 없지만 새겨들을 만하다고는 생각해.

　먼저, 성적인 관계를 포함한 특별한 관계를 맺고 싶은 사람이 곁에 있다면 그 사람의 평상시 언어를 주의 깊게 살펴보기 바란다. 특히 남자친구들 틈에 섞여있을 때 어떤 성적 언어를 사용하는지를 보면 그 아이의 성적인 가치관, 여자를 대하는 태도를 짐작할 수 있단다. 성적인 혐오감을 주는 욕설을 자주 사용하거나 저급한 어휘를 쓴다면, 나라면 단호하게 선을 그을 거야. 언어는 그 사람의 인격을 가감 없이 담아내는 그릇과 같은 것이거든. 저급한 성적 언어를 사용한다는 것은 여자를 대하는 태도에 문제가 있다는 의미로 봐도 좋단다.

　인격적으로 완벽한 남자를 만나라는 말이 아니라, 적어도 여성에 대한 왜곡된 생각과 편견을 가지고 있는 남자는 피하라는 말이다. 내성적이거나, 이기적이거나, 수다스럽거나, 친절하거나 그 어떤 성격을 가진 남자를 만나든 그것은 네 취향이니까 간섭할 생각이 전혀 없지만 여성을 성적인 대상으로, 폭력적인 방식으로 대하는 남자라면 말리고 싶구나.

여성을 만날 때 '몸'만을 중요하게 보는 남자도 피하라고 말해주고 싶다. 그 사람의 영혼이 얼마나 맑은지, 어떤 꿈을 꾸고 있는지, 그 사람의 마음자리에 무엇이 이쁘게 자리 잡고 있는지 보려 하지 않고, 오로지 '몸'만을 보는 사람과는 마음도 섞고 싶지 않단다. 설마 이런 남자가 많겠냐고 묻지 않았으면 좋겠구나. 주변에 드러내놓고 말을 안 할 뿐, 의외로 많은 남자들이 여자의 몸매를 아주 중요하게 여긴단다.

몸매 중에서도 특히 여성의 가슴 크기에 집착하는 남자들은 더 별로다. 이건 '나는 쌍꺼풀이 있는 사람이 좋아. 피부가 깨끗한 사람에게 끌려' 이런 취향과는 다른 문제란다. 가슴이 큰 여자를 좋아하는 남자들을 두고 김훈 작가는 '천하에 쓰잘데기 없는 잡놈들'이라고 일갈했지. 이런 '남자들을 믿고 만나다가는 한평생 몸의 감옥, 여성성의 감옥에서 헤어나지 못하니, 절대 애인으로 삼지 말라고 간곡하게 부탁'하셨더랬지. 전적으로 동감이야.

여성의 가슴 크기에 집착하는 남자들은 포르노에 너무 많이 노출되었을 수도 있고 우리 사회에 만연해 있는 섹시한 여성상을 내면화한 결과이기도 하지. 인터넷의 수많은 혐오 사진들이 그걸 증명해. 가슴 확대 수술의 천국인 대한민국이 보여주는 리얼한 현실이기도 하고.

부디 네 작은 가슴에 주눅이 들거나, 외출할 때마다 거울 앞에서 속옷 속에 무엇을 넣어야 할지 말아야 할지 고민하거나, 언젠가는 가슴 확대 수술을 하리라 꿈꾸며 돈을 모으는 일 따위는 하지 않길 바란다.

너의 존재, 네 영혼의 아름다움을 볼 수 있는 눈을 가진 남자라면 그 어떤 관계여도 좋지만, 가슴 크기 따위에 집착하는 정도의 남자라면 부디 선을 그어주기를 바란다. 그 남자에게 넌 너무 아까우니까. 그런 명료한 관계를 네 손으로 탁탁 정리해낼 수 있을 만큼 당찼으면 좋겠구나.

엄마가 말한 이 두 유형의 남자를 가려내려면 시간을 두고 지켜봐야 할 게다. 외롭다고 성급하게 곁을 내어주지 말고, 다른 사람들 틈에 풀어놓고 그 됨됨이가 어떤지 잘 살펴보았으면 좋겠다. 세상은 넓고 남자는 많다. 사랑할 시간은 길고도 길단다.

그러나 인생이 그리 또 단순하게 계산처럼 펼쳐지지는 않는 법. 어느 날 사랑에의 열정이 너를 휘감아 이것저것 따질 새도 없이 미쳐버리게 만들 때도 있겠지. 그때는 앞뒤 재지 말고, 치열한 사랑에 몸을 맡기렴. 그것 또한 네가 지나야 할 청춘의 시간일 테니.

다만 지금 조금 외로울 때, 혼자일 때 서두르지 말고 때를 기다려주길 바랄 뿐이다. 마음에 담아두고 지켜보다 이것저것 걸리는 게 한두 개씩 생길 때, 그 마음을 잘라내야 할 때가 오기도 할 거야. 그 마음을 잘라내는 일은 사랑하는 사람과의 이별만큼 아프기도 하지. 그럴 때 많은 여자들이 자신의 사랑으로 남자를 변하게 할 수 있지 않을까 기대하는데, 기대를 버리렴. 쉽게 바뀌지 않는단다. 사람은 말이야, 자기 의지가 없는 상태에서는 그 누구도 자기 본성을 바꾸지 않아. 아프더라도 깔끔하게 마음에서 내어놓으렴. 더 큰 상처를 입기 전에.

자, 이렇게 두 번째 안전한 울타리를 쳤구나. 울타리 안에 조심스럽게 사람을 들였으면, 이제 마음을 풀어놓고 네 마음 가는 대로 몸을 맡겨도 좋다고 말하고 싶구나. 마지막 남은 울타리 하나만 더 치면 말이다.

무엇을 말할지 짐작할지도 모르겠네. 그래 맞아, 피임. 성관계를 해도 좋을 모든 준비의 마지막 단계는 피임이야. 가장 중요한 울타리라고 할 수 있지.

성교육 시간에 다양한 피임법에 대해 잘 배웠을 거야. 경구용 피임약, 질

좌정제, 페미돔, 루프, 임플라논……. 다 들어봤지? 이 모든 피임 방법들은 그냥 상식으로만 알고 있으면 좋겠고, 너희 젊은 아이들은 무조건 단 한 가지의 방법만 기억하면 된다. 바로 콘돔. 임신과 성병으로부터 너희를 안전하게 지켜줄 최소한의 장치, 가장 효율적인 피임 방법은 콘돔이 거의 유일하다고 본다. 콘돔을 준비하지 않은 상태에서는 그 어떤 성관계도 안 된다. '나만 믿어'라고 하는 남자, 절대 믿지 마라. '느낌이 좋지 않아서 쓰기를 꺼리는 남자가 있으면, 당장 자리를 털고 일어나렴.

콘돔 쓰자는 말을 하기가 망설여지는 관계라면 시작도 하지 않기를 부탁하고 싶구나. 이것만 지킬 수 있다면, 주눅 들지 말고, 움츠리지 말고 네 마음이 시키는 대로 해도 좋다.

우리 그 얘기 좀 해요–가장 궁금한 101가지 /
수 요한슨, 구소영 역 /
2014, 씨네21북스

화끈한 할머니 이야기, 읽어볼래? 얼마나 사이다 같은지 듣다 보면 몇 년 묵은 체
증이 확 내려간단다. 간호사 출신이라 성에 관한 정확한 지식까지 갖추고 있지.
엄마는 성교육 강사이면서도 참 모르는 게 많더라는 걸 이 책 읽으면서 새롭게
알았다. 북미 지역의 어른들을 대상으로 성고민을 들어주는 텔레비전 프로그
램 《선데이 나이트 섹스 쇼》를 진행하면서 수십 년간 상담해온 사례 가운데 가장
많이 들었던 질문 101가지에 대한 답을 아주 친절하게 담아놓았어. 사전식 구성
이라 궁금한 것만 찾아 읽어도 돼.

편견이나 차별적인 관점은 어디서도 발견되지 않을 만큼 굉장히 균형적인 시각
을 가지고 쓴 답변들이라 많은 도움이 될 거야. 첫 경험을 언제 치를지, 내가 선택
할 수 있는 적절한 피임법은 무엇이 있는지, 성병을 어떻게 예방할지, 신체적 콤
플렉스를 어떻게 극복할지, 사회적으로 인정받지 못하는 성적 지향을 어떻게 받
아들일지, 사랑의 격랑이 가져오는 혼란스러움을 어떻게 다스릴지 등등 고민의
실마리를 찾을 수 있는 친절한 텍스트지.

한평생 청소년과 성인들의 성교육에 헌신해온 전문가답게 성에 관해 궁금해 하

는 거의 모든 것을 잘 정리해 담았단다.

 엄마가 그은 밑줄

우리는 평생 성적인 상태에 있어요. 변화하고 진화하면서요. 의지가 있으면 좋은 방향으로 변화하죠. 이 책이 말하고자 하는 바가 그거예요. 쉽진 않을 거예요. 성장은 고통 없이 오지 않아요. 오래된 가치관—성적 활동을 통제하고 간섭하려는 부모, 사회, 종교—이 형성한 가치체계를 끄집어내야 됩니다. 새로운 정보와 비교하여 스스로 묻고 답해보아야 합니다. "나는 왜 이런 일이 불편할까? 이게 틀린 거라고 누가 내게 알려주었나? 그들은 왜 그게 틀렸다고 했을까? 정말 틀린 걸까? 나는 남의 사고방식과 가치를 그냥 수용하고 있었던 건 아닐까? 이제 나는 어떤 기준으로 생각하고 판단해야 할까?"

멈추지 마세요. 무엇이 잘못 되었는지, 관계의 붕괴에 당신이 무슨 역할을 했는지, 바로잡을 수도 있었는지, 그랬다면 어떻게 해야 했는지 충분한 시간을 갖고 따져보세요. 다음번의 훌륭한 관계를 위하여 필수적인 요건들은 무엇인지 모조리 작성해보세요. 언젠가는 다음 기회가 올 테니까요. 최선이 아니었던 일에 머물러 있지 마세요

태은 : 아빠가 첫사랑이야?

나 : 그럴 리가! 엄마를 무시하는 거냐?

태은 : 그렇지?

나 : 엄마에게도 아픈 사랑의 추억이 있지.

이별의 자리에
피우는
성장의 꽃

요즘 신문기사를 보면 쿨하게 헤어지지 못하는 연인들이 많더구나. 안타까움이 크다. 헤어짐을 받아들이지 못해 사람을 해치고, 약점을 잡아 협박하고, 스토킹하고……. 이건 폭력이야. 만나다 헤어질 때는 예의를 갖춰야 하고, 나눴던 사랑이 진심이라면 헤어져서도 서로의 안녕을 빌어줘야 하는데, 그게 그렇게 어려운 일일까?

하나의 사랑이 가면 새로운 사랑이 오기 마련이고, 새로 다가오는 사랑은 늘 이전 사랑보다 좋은 사랑이다. 사는 동안 가장 좋은 사랑은 늘 오지 않은 채로 대기 중인 거지. 그러니까 아플 것이 두려워 사랑 앞에서 움츠리지도 말고, 헤어진 뒤 지난 사랑 붙잡고 자신을 소모시키지도 않았으면 좋겠다. 더 좋은 사랑이 대기하고 있으니까 그 사랑을 맞기 위해 조금 더 깊은 자기 성장으로 들어가는 시간을 가졌으면 해.

엄마가 처음 겪은 이별의 시간을 이야기해줄까? 이 이야기는 누군가를 기다렸던 긴 시간에 대한 이야기이기도 하고, 최초로 내 껍데기를 벗은 성장에 대한 이야기이기도 해.

대학 1학년, 쌀쌀한 봄바람이 불던 3월. 새로운 사람을 많이 만났지. 어쩜 그렇게 좋았는지 그때나 지금이나 엄마는 새로운 사람을 알아가는 과정이 참 즐거워.

새로운 사람들 속에 엄마를 좋아하던 남자애가 있었어. 그 애가 처음에는 별로였다. 현학적인 것을 과시하는 듯한 아이. 나를 좋아한다고는 하는데, 내 눈에는 나를 좋아하는 자신의 감정을 좋아하는 것 같았어. 그래서 더 별로였지.

엄마가 살던 작은 자취방은 학교 후문에 있었고 길가로 쪽창이 나 있었어. 친구들이 지나가다 괜히 한 번씩 부르면 창문을 열고 짧은 수다를 떨곤 했지. 그때는 삐삐도 없던 시절이니 그렇게 나누는 대화가 얼마나 재미있었겠니? 나를 좋아한다던 남자애도 가끔 지나다가 그 특유한 음성으로 나를 부르곤 했어. 지금도 생생하게 복기되는 목소리로 내 이름을 부르고는 별 시덥잖은 이야기를 늘어놓다 '잘 자라' 인사하고 지나가곤 했지.

어느 날부터 저녁만 되면 그 아이의 목소리가 기다려지더라. 내 마음에도 그 애를 좋아하는 감정이 몽글몽글 생겼던 거지. 그 뒤로 우리는 연인이 되었어. 첫사랑인지는 모르겠지만 내가 처음 사귄 남자이기는 했어. 그런데 참 이상하지? 그 아이와 지낸 시간들은 거의 기억나지 않아. 선배들과 함께 술 마시는 자리에서 철학이든 경제학이든 뭐든 똑똑하게 자기 생각을 말하던 그 아이 옆에, 할 말이 없어서 그냥 앉아만 있던 내 모습만 선명하게 남아있어. 물론 기억에는 없지만 여느 연인들과 같은 소소한 시간들이 우리 곁에도 흘러갔겠지.

여름방학을 시골에서 보내고 개강 하루 전날 자취방으로 돌아왔는데, 밤이 다 되도록 창문 두드리는 소리가 들리지 않는 거야. 그 다음 날도, 또 그 다음 날에도 말이야. 강의실에서 만나면 차가운 얼굴로 나를 모른 척하더라. 그 시간 뒤로 우리는 공식적으로 깨진 커플이 되어버렸다. 이유도 모른 채. 헤어짐에 대한 예의가 아니었던 거지.

밤마다 불도 끄지 않고 누워서 창문 두드리는 소리를 기다렸지만 그 아이는 두 번 다시 내 자취방의 쪽창을 두드리지 않았어. 그것으로 엄마의 첫 연애는 종결이 되어버렸지.

아프지 않을 거라 생각했는데 조금 오래 아팠어.

날마다 불도 끄지 못한 채 창문 두드리는 소리를 기다렸는데, 밤은 얼마나 길던지 두꺼운 책이라도 한 권씩 읽어나가야 그나마 시간이 지나가더라. 그 밤에 읽기엔 소설이 좋았어. 공지영의 《고등어》, 루이제 린저의 《생의 한가운데서》, 박일문의 《살아남은 자의 슬픔》, 김하기의 《비에 젖은 자는 다시 젖지 않는다》, 헤르만 헤세의 《데미안》, 무라카미 하루키의 《상실의 시대》, 최인훈의 《광장》 등. 아픈 시간들을 견디는 방법으로 책읽기만큼 괜찮은 것은 없었어. 적어도 읽는 동안은 시간도 잘 흘렀고 아픈 마음도 잊혀졌으니까.

참 신기했던 것은 책을 한 권씩 읽어나갈 때마다 마음이 단단해졌다는 거야. 사람의 감정이라는 것이 시간이 지나면 조금씩 탈색되고 잊혀지게 마련이지만 마음은 저절로 단단해지지는 않는 법이거든. 일상적인 공간을 벗어나 여행을 한다거나 다른 생의 주제로 골몰하고 있는 책의 저자들을 만나거나 하는 의식적인 노력이 있어야만 마음을 내가 원하는 방법으로 다스릴 수 있게 되는 거지. 이별을 아파하고 어긋난 인연을 아쉬워하고 자꾸 누군가를 원망하고 싶은 마음을 돌려서 차라리 스스로의 성장을 도모하는 것이 실연의 아픔을 더 빨리 이겨낼 수 있는 방법이라는 것을 그때 배웠어.

누구나 사랑할 수 있고, 사랑이 끝나는 시간은 누구에게나 공평하게 찾아온다. 그 사람은 결코 떠나간 자리로 다시 돌아오지 않는다. 그러면 그 자리에 무엇을 남겨야 할까? 떠난 사람의 자리를 아프게 바라보면서 무엇을 하는 게 좋을까?

지난 사랑에 대한 가장 확실한 예의는 더 멋진 존재로 성장하는 것이라 생각한다. 데미안에서 말하는 '알을 깨고 나온 한 마리 새'가 되는 거지. 새가 되어 하늘을 훨훨 날 수 있을 때, 땅 위에 새가 벗어놓은 허물 같은 알 껍데기를 내려다보는 거야. 말하자면 나를 떠난 사람은 새가 벗어놓은 알 껍데기처럼 초라한 무엇으로 남는 거지. 이때는 이미 이전의 자신이 아닌 거야. 떠난 연인이 사랑했던 시절의 자신이 아니라 내적으로 한 걸음 더 성장한 자신인 거지. 다른 세계로 진입했다는 의미야.

이때가 되면 '실연의 아픔'이 때 맞춰 떠나준 이에 대한 '고마움'으로 변해 있게 돼. 이별을 한 번 겪을 때마다 더 나은 존재로 성장한 자신이 남게 되는 거야.

사랑이 떠나면 몹시 아프다. 자존감에 생채기가 나기도 하지. 곁에 있던 누군가가 홀연히 사라지면 그 빈자리가 한동안은 아주 많이 휑하고, 그 사이로 슬픔이 지나가고 쓸쓸함이 지나가고 분노가 지나가고 회한과 부끄러움이 지나간다. 다 좋아. 지나가는 모든 것들을 피하지 말고 충분하게 느껴보렴. 그러면서 시선은 늘 너의 마음을 향해 두도록 해라. 이별을 겪을 때마다 너는 더 단단해지고, 더 성장하게 된다.

데미안 / 헤르만 헤세, 안인희 역 /
2013, 문학동네

엄마가 끝까지 읽은 최초의 고전이 《데미안》이었어. 실연의 아픔을 책 읽는 것으로 이겨내던 그 무수한 어느 밤에 읽었지. 그때나 지금이나 《데미안》은 따분하고 지루하긴 해. 그러나 엄마가 밑줄 그은 몇 개의 문장들은 나를 흔들기에 충분할 만큼 힘이 넘쳤단다. 싱클레어가 데미안의 존재를 통해 자기 자신의 힘을 찾아가는 과정, 자기의 단단한 껍질을 깨고 새롭게 거듭나는 과정이 엄마에게 묘한 힘을 주었단다.

그때의 나 역시 허름한 껍질을 무던히도 깨고 싶었고 새로운 존재로 거듭나고 싶었거든. 어제와는 다른 나, 이제껏 설명해오던 것들이 아닌 다른 것으로 언어화되는 존재로서의 나로 다시 태어나고 싶은 마음이 간절했다. 그 마음을 간지럽혀주고 자극했던 책이 《데미안》이었어. 적어도 엄마에게 《데미안》은 그런 텍스트였다.

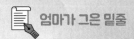

나는 오로지 내 안에서 저절로 우러나오는 것에 따라 살아가려 했을 뿐이다. 그것이 어째서 그리도 어려웠을까?

그래서 각자의 이야기는 소중하고 영원하고 거룩하며, 그래서 어쨌든 아직 살아서 자연의 의지를 충족시키는 인간은 누구라도 극히 주목할 만한 경이로운 존재인 것이다.

나는 그냥 탐색하는 사람이었고, 지금도 그렇지만 이제는 별들과 책들에서 탐색하지 않고 그저 내 안에서 피가 속삭이는 가르침에 귀를 기울이기 시작했다.

모든 사람의 삶은 제각기 자기 자신에게로 이르는 길이다.

그가 자신만의 공기에 둘러싸여 자신만의 법칙에 따라 살면서 낯설고도 고독하고 조용히, 마치 별처럼 그들 사이를 걷는 모습이 보인다.

태은 : 엄마가 슬리퍼로 내 등짝 때린 거 지금도 기억나.

나 : 잘해준 게 얼마나 많은데 꼭 그런 것만 기억하냐 넌?
    늦었지만 사과할게. 미안해.

태은 : 뭐 계속 기억이야 나겠지만, 용서해줄게.

폭력의 기억을
기억하다

어릴 때 말이야, 막내 삼촌이 앞집 형제들과 놀다가 맞고 들어왔어. 내가 쫓아가서 그 아이들을 혼내줬는데 저녁 때쯤에 아재라고 부르던 앞집 형제의 아버지가 집으로 찾아오더라. 나를 마루로 불러 세우더니 솥뚜껑 같은 큰 손으로 다짜고짜 내 뺨을 갈기는 거야. 이유를 물어보지도 않고 그냥 우악스럽게 때리고는 가버리더라고.

무릎을 세우고 앉아서 억울함과 기막힘에 꺼이꺼이 한참을 울고 있는데 앞집 아재가 기다란 나무 막대기를 휘두르면서 다시 찾아왔어.

"이걸로 내 아들을 때렸다면서?"

'아니다. 그 막대기로 때리지 않았다'라고 말하고 싶었는데 울음에 복받쳐 말을 하지도 못하고 꺽꺽거리기만 했지. 아재는 그 막대기로 또 때렸어. 때리니까 맞을 수밖에 도리가 없었어.

엄마가 기억하는 부당한 폭력의 장면이야. 그 아재는 우리가 만만했을 거야. 그때 집에는 아버지도 없었고 엄마도 없었거든. 그게 지금 생각해도 정말 억울하다. 부당한 폭력은 이후에도 여러 번 겪었어. 어리다는 이유로, 약한 학생이라는 이유로, 또 여자라는 이유로 많이 맞았지.

고등학교 때는 작문을 가르치는 교사에게 이유도 모른 채 죽도록 맞은 적도 있어. 기억을 묘사하기도 수치스러운 폭력. 같은 반 아이들이 보는 앞에서, 교탁 앞에서 몽둥이로 맞다가 교실 코너에까지 몰려가며 맞았는데 매를 맞으면서 더 싫었던 것은 항의 한 번 하지 못하도록 길들여져 있는 나의 무력감이었어.

여성이라서 겪은 폭력도 숱했지. 대학교 3학년 때였을 거야. 축제가 끝난 날, 친구와 막걸리를 맛있게 마신 뒤에 인문대학교 건물 뒤쪽에 있는 작은 약수터에 물을 마시러 간 적이 있었어. 엄마는 약수터 위에 올라 앉아 세수를 했고, 친구는 엄마 뒤에 서서 기다리며 조잘조잘 이야기를 나누던 중이었지. 한참 세수를 하다 문득 술 냄새가 확 끼치면서 목이 졸린 채 끌어내려졌는데, 정신을 차려보니까 술 취한 남학생이 한손으로는 엄마 목을 조르고 또 한손으로는 가슴을 움켜잡고 있더라. 나는 놀라서 말도 못하고 꺽꺽대고 있고, 뒤에 서 있던 엄마 친구는 있는 힘을 다해 "사람 살려주세요" 소리를 막 질러댔지.

친구가 하도 소리를 질러대니까 그 남학생은 나를 확 밀쳐내더니 친구에게 달려들었어. 그 순간 부끄럽게도 엄마는 뒤도 안 돌아보고 도망을 쳤다. 정말 무서워서 친구 걱정은 할 틈도 없었어. 정신없이 뛰어가다 보니까 술을 마시고 있는 남자 선배들이 보였고, 그제야 도움을 요청할 수 있었다. 남자 선배들을 데리고 다시 친구에게 돌아가기까지 10분 정도 걸렸을까? 그 시간 동안 친구는 너무 많이 맞았어. 우리가 조금이라도 늦었더라면 강간을 당했을 거야. 억울하고 화나고 부끄럽고 미안했던 마음을 어떻게 설명할까?

지금 대학교에서 이 정도 일이 일어나면 어떻게 처리될까? 안타깝게도 그 시절에는 술에 취해서 벌어질 수 있는 일 정도로 용서를 해주는 분위기였어. 우리 역시 그래주기를 강요받았고 말야. 학생회 선배라는 사람들이 "술 취해서 저지른 일이니 용서해주라"라며 우리를 설득했어. 도망친 죄인이라 엄마에게는 결정권이 없었고, 일이 복잡해지는 걸 두려워했던 친구가 사과를 받는 것으로 그 일은 마무리가 되었어. 분노는 있었지만, 문제를 제기하고 의미를 부여할 만큼의 힘이 우리에게는 없었던 거야.

여성에 대한 폭력, 지금은 많이 나아졌을까? 네가 보기에는 어떠니? 엄마가 보기에는 별로 나아져 보이지 않는구나. 법도 만들어지고 제도적 장치도 마련되어 있어서 엄마가 학교 다니던 시절보다는 훨씬 좋아진 환경이라고 하지만, 들여다보면 폭력의 구조는 더 복잡해졌구나. 여성에 대한 혐오가 일상에까지 퍼져있고, 김치녀니 된장녀니 하는 이름으로 명명되고 매도당하고 있지 않니?

여전히 많은 여성들이 성폭력의 위험 안에서 위축되어 있고, 성폭력을 당하고 있지. 여성이라는 이유로 맞고, 성폭력을 당하고, 살해당하는 일이 왜 일어나는지 질문을 던져야 한다. 그리고 '내 문제'로 받아들여야 해. 나도 언제든 겪을 수 있는 일, 피해자의 입장에 설 수 있음을 받아들일 수 있어야 한다. 그래야만 제대로 분노할 수 있게 되는 거지.

부당한 폭력에 분노하고 폭력에 무너지지 않을 힘을 단단하게 다지는 일이 필요해. 같은 경험을 가지고 있는 이들과 연대도 해야 하고, 스스로 맞설 수 있는 내면의 힘도 키워야 해. 내면의 단단한 힘이 없으면 폭력의 이유를 바깥에서 찾지 않고 못난 자신의 탓으로 돌리게 된단다. 그 어떤 경우에도 폭력은 정당화될 수 없지만, 특히 여성에 대한 가부장제적 폭력은 그 원인을 종종 피해자의 탓으로 돌리고 필요악이라는 이상한 말로 정당화하기도 하지. 당당하게 맞서야 할 이유야. 내가 겪은 부당한 폭력에 굴복하거나 도망가거나 움츠리게 되면 그 폭력은 당연한 폭력으로 또 다른 여성들을 향해 표출된다는 사실을 잊지 말도록 하자. 성폭력예방교육 강사로서 늘 당부하는 말이기도 해.

눈물도 빛을 만나면 반짝인다 / 은수연 /
2012, 이매진

'어느 성폭력 생존자의 빛나는 치유일기'라는 부제처럼 이 책은 정말 반짝반짝 빛

이 난다. 책을 읽는 동안 너무 아프고 억울하고 울컥해서 자주 덮어야 했을 정도

로 말로는 다 설명할 수 없을 만큼의 상처가 표현되어 있단다. 친아버지로부

터 9년 동안이나 당해온 폭력과 성폭력, 도저히 인간의 얼굴을 하고 어떻게 그

럴 수가 있을까 싶은 잔인함에도 저자는 살아남은 거야. 그래서 성폭력 피해자

는 '생존자'라고 부른단다. 폭력은 끝이 나도, 폭력의 영향력은 오랫동안 그를 괴

롭히거든. 그 영향력에서 죽지 않고 살아남는 일은 치열한 자기 싸움이며 자기

치유의 과정이야.

《눈물도 빛을 만나면 반짝인다》는 저자가 집을 나온 뒤부터 '열심히 먹고, 자고,

공부하고, 일하는 일상을 살며, 좋은 친구들을 만나고, 기도하고 글을 쓰면서'

살아온 날들의 기록이고 자기 마음의 상처를 스스로 보듬고 치유해나간 아픈 시

간들의 기록이란다.

성폭력 피해자라는 자리에 자기를 가둔 채 무력해지기를 당당하게 거부하고 자

기가 겪은 일을 생생하게 고발하는 목소리, 가해자의 행위를 정당화하는 사회를

향한 분노의 목소리가 담긴 책이야. 침묵을 강요당하는 사회적 약자와 폭력의 피해자들은 자기 이야기를 공적인 자리에서 하는 것 자체가 치유의 첫걸음이란다. 어려운 일이고 용기가 필요한 일이거든.

성폭력 생존자들의 자기 치유에 큰 용기를 주는 책이야. 엄마는 그 어려운 일을 해낸 저자가 자랑스러워.

엄마가 그은 밑줄

성폭력은 분명 한 사람이 겪어내기에 무척 힘든 일이다. 정말 당시에는 그 고통조차 인식하지 못하고, 살아남아야 한다는 생각만 들 정도로 힘들었다. 그러나 성폭력 피해를 입고도 살아가야 하는 사람들에게 그것은 원치 않고 예상치 못했지만 갑자기 날아든 칼에 베인 깊은 상처와 같다. 그냥 치료가 필요한 상처로만 봐주면 좋겠다.

칼자국은 그저 상처일 뿐, 그 이상 다른 생각은 말아주시기를. 칼자국으로 키워낼 수 있는 다른 상상들도 멈춰주길.

집을 나온 뒤 내 기억들, 상처라 여겨지는 것들을 기록하며 수도 없이 울었다. 내가 쓴 글을 다시 읽을 때면 처음 보는 이야기처럼 무섭고, 따갑고, 쓰리고, 아팠다. 수십 번도 더 읽고, 쓰고, 고치고 했는데도 거의 매번 운다.

성폭력을 바라보는 시선을 좀 바꿔서 피해자들이 자신의 피해에 관해 좀 더 쉽게 말하고 도움을 청할 수 있는 사회를 만드는 것, 사회 구성원들이 가해자가 되지 않도록 키우는 성교육을 하는 것, 아이들과 여성들이 혼날까 두렵거나 부끄러워 말하지 못하는 게 아니라 당당하게 자신이 겪어내고 극복한 일을 영웅담처럼 시원시원하게 말할 수 있는 문화를 조성하는 것이 진짜 예방주사가 되지 않을까?

내가 겪은 일들을 글로 쓰는 이유는 지금은 그 일들이 일어나지 않고 있다고 확인하고, 앞으로는 내 일상에 어떤 식으로든 끼어들지 못하게 하기 위한 것이다. 꿈에서라도 그 일들이 더는 반복되지 않게 말이다.

나 :   태은아, 들어봐. 정말 좋은 시다.
        어느 날 운명이 찾아와 나에게 말을 붙이고 내가 네 운명이란다,
        그동안 내가 마음에 들었니?라고 묻는다면
        나는 조용히 그를 끌어안고 오래 있을 거야.
태은 : 누가 쓴 신데?
나 :   이번에 맨부커상 받은 한강.
태은 : 한강이 시도 써?
나 :   응, 시인이기도 해. 시가 좋지 않아?
태은 : 좋아, 좋다구.

유년의 상처를
불러와

시인의 말처럼 어느 날 운명이 찾아와 '내가 네 운명이란다. 그동안 내가 마음에 들었니?'라고 묻는다면 어떻게 대답할까 생각해보고 있는 중이야. 시인처럼 40년을 훌쩍 넘긴 시간 동안 나와 함께한 운명을 조용히 끌어안고 등을 토닥거려주고 있어. 이만하면 잘 살아온 내 운명에게 대견스럽다고 말해주고 싶다.

내가 살아온 시간이 꽃길이었다 싶을 때도 있지만 울퉁불퉁 험한 길을 걸어야 했던 시간이 더 많았지. 걸을 때는 힘들었고, 운명을 원망했고, 자주 의기소침해지기도 했지만 견딜 만했어. 이제 돌아보니, 오늘의 나를 있게 한 그 시간들이 아팠거나 가난했거나 불우했거나 간에 다 애틋하게 느껴져.

나는 태어나면서부터 환영받지 못한 딸이었어. 아들을 간절하게 원하던 외할머니는 한약도 지어 먹고 기도도 다니고 했었대. 태몽을 보나 배의 모양을 보나 아들이 확실하다고 모두 그랬다는데, 낳고 보니 딸이었던 거지. 내 기억에는 없지만 딸이라서 서운하고 속상했던 마음들이 내게 전해지지 않았겠니?

딸로 자라면서 본 '엄마'의 삶은 안쓰러움 그 자체였어. 억척스럽게 고생만 하는 게 이해가 되지 않았지. 바람을 피며 밖으로 도는 남편을 하염없이 기다리는 것도 어린 내게는 부당한 일로 보였고, 가난한 엄마의 삶을 나도 닮으면 어쩌나 무섭기만 했어.

'엄마처럼은 살지 않을 거야, 절대로!' 어린 내가 엄마한테 맞을 때마다 작은 주먹 움켜쥐며 하던 말이었다. 정말 엄마처럼 살고 싶지 않았어.

유년시절의 아버지는 늘 부재중이었어. 엄마는 필요한 게 생길 때마다 아버지한테 편지 쓰는 일을 나한테 시키곤 했다. '겨울 돕바가 필요해요, 아버지. 돕바를 사서 보내주세요.' 이런 문장을 엄마가 옆에서 불러주시면 어린 나는 엎드려서 도빠인지, 돕바인지 뭐가 맞는 단어일까 고민하면서 엄마의 말을 받아 적곤 했단다. 쓰면서 이상했어. 왜 나는 편지로 아버지를 부를 수밖에 없나? 왜 아버지한테 옷을 사달라고 하는데 비굴한 느낌이 드나 싶었던 거야.

내게 어린 시절은 흑백영화야. 안방에 감돌던 냉기, 더 나아질 게 없어 보이는 질긴 가난, 행복이라는 감정이 도대체 어떤 것인지 도통 알지 못했던 일상들.

밤마다 베개에 얼굴을 묻고 울곤 했어. '왜 나는 이렇게 살고 있지?' '내게 주어진 것들은 왜 모두 이 모양이야?' 싶었던 거지. 유년시절은 불행했어.

그런데 말이야, 그 유년시절의 불행을 나은 것으로 바꾸고 싶은 생각은 없어. 다른 이들이 살아내었을 더 보드랍고 더 안락한 유년시절이 별로 부럽지는 않아. 어른이 된 나는 충분히 강해졌으니까 유년시절의 어두운 시간이 주는 의미를 알고 있거든. 엄마를 키운 단단한 기둥이 되어주었다는 것을 아니까, 내 유년을 따스하게 안아줄 수 있어.

물론 유년시절의 상처와 아픔은 제법 오래 마음속에 똬리를 틀고 있었지. 자주 울컥했고 때때로 투정처럼 뱉어냈어. 20대 초반까지도 그랬던 것 같아.

그 즈음 엄마는 운명처럼 한 권의 책을 만났는데 동녘출판사에서 나온 《여성학 강의》라는 여성학 입문서였지. 지금도 판매되고 있을 정도로 여성학 입문서로는 손색없이 깔끔한 스테디셀러란다. 책을 읽어보니, 세상에나 그 책 속에 우리 엄마와 같은 여성들의 삶에 대한 분석이 너무나 잘 되어 있지 뭐야. 내 유년시절의 가난과 상처는 무능하고 못난 우리 엄마와 아버지 개인의 문제라고 생각했었는데 그게 아니라고 말해주는 책이었어.

엄마는 가부장제 사회 안에서 그렇게 살 수밖에 없는 여성의 삶이라는 한계 안에 갇혀 있었던 것임을 알게 되었고, 내 아버지의 삶도 한 인간으로서의 삶으로 객관화가 되더라고. 그때부터 나는 엄마와 아버지를 이해했고 용서하게 되었지. 우리 엄마 아버지를 탓할 문제가 아님을 알게 된 거야. 도통 이해가 불가했던 내 유년시절의 가난과 상처, 부모님의 불화, 엄마의 악다구니, 아버지의 무능이 모조리 이해되는 순간을 책을 통해 만나게 되었던 거다.

그 이후로 엄마는 유년시절을 아프지 않게 돌아볼 수 있게 되었고 부모님을 안아줄 수 있었지. 물론 완전해질 때까지는 시간이 조금 더 필요했고, 어쩌면 지금도 아주 깊은 곳에는 상처의 흔적이 남아있겠지만 말이야.

네게도 유년시절의 상처가 있겠지? 엄마가 준 상처도 많을 거야. 너를 사랑한다고 했지만 엄마도 엄마 노릇이 처음인지라 서툰 기억들이 정말 많아. 네 등짝을 때렸던 기억도 있고, 네 자존감을 긁어내는 못된 말도 많이 했어. 어쩌면 내가 기억하지 못하는 것들이 너를 찌르는 상처가 된 것도 있겠지.

무책임한 말일까 싶어 조심스럽긴 하다만, 네 유년시절을 잘 들여다보고 객관화하는 시간을 가져봤으면 좋겠구나. 가정이라는 울타리 안에서 미숙했던 부모와 함께 보낸 시간들을 보듬어줄 수 있다면 많은 도움이 될

거야. 그 시절 엄마 아빠의 삶을 이해할 수 있다면, 네게 운명이라는 이름
으로 주었던 상처들, 아픔들을 조금은 넉넉한 마음으로 품을 수 있게 되
지 않을까?

유년시절의 운명을 잘 보듬어준다면 앞으로 걸어갈 네 인생의 발걸음
이 조금은 가벼워질 수 있을 테지. 더 힘차게 걸어갈 수 있도록 밀어주기
도 할 거야.

새 여성학 강의 / 한국여성연구소 /
2005. 동녘

유년시절의 상처는 나 개인만의 상처가 아님을, 엄마가 나를 살뜰하게 챙겨주지 못한 것은 사랑하지 않아서가 아니라 그 시대에 살아남기 위해서는 어쩔 수 없는 것이었음을 성찰하게 되면서 치유가 되었다. '나 때문이 아니야' '내가 못나서가 아니야' 하는 깨달음이 얼마나 큰 위로인지, 내가 겪은 모든 것들이 사회적인 문제들로 인한 것이었구나 하는 분석이 얼마나 큰 힘이 되는지, 엄마는 《여성학 강의》를 읽으면서 배웠다.

새벽녘 동이 트도록 이 책을 읽으면서 엄마는 새로운 인식을 얻었지. 나의 부모 세대와 나의 위치가 객관화되면서 내가 하고 싶은 일, 해야 할 일에 대한 명확한 인식에도 이르렀다. 내게는 정말 의미 있는 텍스트였어.

《여성학강의》가 출판된 지 거의 30년 가까이 됐을 거야. 지금은 《새 여성학 강의》라는 제목으로 개정판이 나와 있어. 대학에서 '여성학 강의'라는 교양과목이 개설되면서 나온 대표적인 여성학 개론서인데, 그 어떤 책보다 우리 사회의 여성문제를 체계적으로 잘 분석해놓았어. 여성주의에 처음 입문하는 사람에게 이 책만큼 친절한 안내서는 아직은 찾지 못했단다. 여성으로서의 삶이 사회구조적인 맥락 안에서 구성되어 왔음을 안다는 것은 어린 시절의 부모님을 이해하는 것과 연결이 되고, 부모님을 이해한다는 것은 자신의 안에 있을 상처를 이해한다는 것과 연결이 된다. 네 삶을 여성주의라는 인식의 창을 통해 들여다보는 시간을 꼭 한 번 가지길 바란다.

엄마가 그은 밑줄

여성학에서 의심 또는 회의는 매우 중요하다. 여성학은 우리가 당연하다고 생각하는 일상생활과 그 관계들에 대해 의심하는 것에서 출발한다. 특히 여성에 대한 전통적 담론이나 이야기들에 대해 진지하게 회의해보는 자세가 필요하다.

남성적인 제도, 윤리, 가치, 관습을 객관성으로 인식하는 기반 위에서 여성문화의 자율성은 인정받기 어렵다. 이처럼 남성 중심의 문화 속에서 여성의 목소리는 배제되거나 제대로 평가되지 못했다는 인식에서 여성의 눈으로 문화 읽기가 시작된다.

남성들은 일차적으로 성차별적인 구조, 곧 여성을 소외시키면서 그들의 부양자로 스스로 자리매김하는 구조를 무비판적으로 받아들이고 있다. 이로써 남성은 사회의 선호되는 인력으로 직장에서 우대받지만 그것은 자신의 자아실현과는 거리가 멀며 오히려 경쟁적인 자본주의 시장에 맞는 기계형 인간으로서 소모품이 되는 것과 동전의 양면을 이루는 운명을 만들어낸다.

태은 :　지치는 하루야. 왜 사람들은 다 내 맘 같지가 않지?

나 :　네 맘 같지 않은 게 당연한 거지.

태은 :　힘들어, 달달한 거 먹으면서 수다나 풉시다!

나 :　그렇게 해서 풀린다면 얼마든지~~.

자기만의
치유 공간

어릴 때 엄마가 살던 집 마당에는 큰 등나무가 있었어. 학교 교정에서나 볼 만한 아주 큰 등나무였지. 봄에는 보랏빛 꽃을 치렁치렁 매달고 있고 여름에는 잎이 무성했단다. 얼마나 오래 자란 나무였던지, 덩굴이 아주 굵었어. 어느 날 호기심이 생겨서 그 등나무를 타고 올라가 보지 않았겠니? 덩굴 사이를 헤치고 들어가 보니 내가 웅크리고 들어앉아 있기 딱 좋은 공간이 있는 거야. 엉덩이를 이리저리 굴려 편안한 자세를 만들어 앉았더니 얼마나 아늑하고 좋은지, 나만의 비밀공간으로 사용해야겠다 싶은 마음에 콧노래가 절로 나왔어.

그 뒤로 자주 올라갔단다. 엄마한테 혼나서 괜히 위축될 때나 이유 없이 기분이 무겁게 가라앉을 때, 등나무의 그 숨겨진 공간에 들어가 있으면 힘 같은 것이 생기곤 했어. 이런저런 궁리도 해보고 그렇고 그런 상상도 해보고 낮잠도 잠깐 자고 난 뒤 내려오면 마음이 한결 가벼워지곤 했지.

오늘은 문득 등나무의 그 공간이 생각나는 하루다. 매일 처리해야 하는 일들에 파묻혀 살다 보니 내 정신을 잡고 하루를 꾸려나간다는 느낌보다는 생각할 틈도 없이 끌려가고 있다 싶은 거야. 엄마는 이런 마음이 들 때면 혼자만의 공간에 들어가 혼자만의 시간을 가져야 될 때라는 신호로 받아들여.

무라카미 하루키는 이런 공간을 '개인의 회복 공간'이라고 명명하더구나. 자기만의 공간에서 자유롭게 팔다리를 쭉쭉 펴고, 주름진 마음도 살펴보고 천천히 숨을 쉴 수 있는 공간인 거야. 다른 사람들의 날카로운 평가나 시선이 끼어들지 않는 자유로운 공간, 따뜻하게 호흡하면서 자신을 보살필 수 있는 이런 공간을 꼭 가져야 한다는 거야.

우리가 살아가고 있는 모습을 되짚어볼 필요가 있어. 다들 바쁘게 살아가고 있지. 자신에게 주어진 삶의 과제들을 해결하면서 살기에도 벅찬 시간들이다 보니 찬찬히 자기를 돌아볼 여유를 잃어가고 있어. 거기에 더해 우리 삶을 그물망처럼 둘러싸고 있는 인터넷과 스마트폰에 생각 없이 빼앗기는 시간들도 정말 많지. 그러다 보니 자기 마음을 돌아보고 지난 일들을 더듬어보는 시간을 거의 갖지 못한 채 살고 있다. 친구와 커피 마실 시간은 낼 수 있어도 고요하게 자신과 대화 나누는 시간을 내는 데에는 인색하지. 그렇기에 내 마음을 나도 모르는 상태에 자주 이르게 돼.

자기 마음을 자주 들여다보지 않으면 마음속에 고이는 많은 감정들이 처리되지 않은 채 쌓이게 되겠지? 슬픔이나 화, 분노와 같은 부정적인 감정을 제대로 처리하지 않으면 마음을 병들게 하고, 결국 자존심에 상처까지 주게 된단다. 마음에 상처가 생기면 다른 사람과의 관계 맺음에도 현명해질 수 없는 것은 아주 당연한 사실이겠지. 내 안의 상처를 잘 다루지 못하는 사람이 다른 사람의 상처를 돌볼 수는 없으니까. 더 나아가 큰 상처를 주는 상황까지 이를 수도 있어. 자주 자기 마음을 들여다보고 스스로 돌보는 치유의 시간을 가지는 것이 필요해. 그런 시간을 갖기 위해서는 고요하게 쉴 수 있는 너만의 치유 공간을 가져야 해.

어디건 상관없단다. 도서관 창가 자리가 될 수도 있고, 네 방의 작은 테이블 앞이어도 좋아. 동네의 작은 카페도 너만의 치유 공간으로 손색이 없을 테고 훌쩍 떠난 어느 소도시의 게스트하우스여도 좋지. 그저 네가 마음 편히 오래 앉아 있을 수 있는 곳, 혼자 있어도 불편하지 않은 곳, 아니

혼자 있어서 더 좋은 곳이면 되는 거야.

혼자 '멍 때리고' 있어도 눈치가 전혀 보이지 않는 공간을 꼭 만들어두렴. 그 공간에서는 모든 관계의 옷을 다 벗어던지는 거야. 그리고 네 마음을 들여다보고 너와 대화를 나누는 거야.

힘든 일이 있을 때는 왜 힘든지 차분하게 되짚어보면 그 자체가 치유의 과정이 되어준다. 자신과 대화를 나누다 보면 스스로를 다독거려주는 또 다른 자아를 만나게 돼.

스스로에게 주는 위로는 남이 주는 위로와는 또 다른 힘을 가지고 있어. 다시 힘내서 허리를 꼿꼿하게 세울 수 있게 해주고, 마음에 난 상처에 새 살이 돋게 살살 부추겨주지. 너만의 공간에 차분히 들어앉아 이 순간들을 자주 마주했으면 하는 바람이야. 시간이라는 바퀴에 끼여 마구 굴러가기만 하는 네 삶에 작은 쉼표를 주는 일은 일부러라도 해야 하는 일이거든.

혼자 고요하게 앉아 있을 수 있는 공간에서는 삶이 네게 건네는 질문들도 들을 수 있지.

'네가 지금 하고 있는 일이 정말 네가 원하는 일이니?'
'무엇 때문에 힘이 드는 거야?'
'앞으로 네가 하고 싶은 일은 무엇이니?'

혼자 있지 않으면 들리지 않는 네 삶에 대한 질문들을 듣고 그 질문에 대한 너만의 답을 만들어 가는 것이 성장의 과정인 거지. 마음의 품이 넓어지고 상처가 조금씩 치유되는 것도 성장인 거야. 자기 속을 자주 들여다보는 사람일수록 성장에 더 가까워진단다.

엄마가 절대적으로 믿는 한 가지가 있어. 그건 사람들 마음 안에는 거대한 힘이 숨어 있다는 거야. 안타까운 것은 그 거대한 힘이 숨어 있는 줄 모르고 그냥 사장시키고 만다는 거다. 네 자신의 마음을 들여다보는 시간이 길수록, 네 자신과 대화를 나누는 경험이 누적될수록 네 안에 숨겨져 있는 거대한 힘이 조금씩 모습을 드러내게 될 거야.

궁금하지 않니? 네 안에 있는 그 힘의 실체가 말이야. 네 속으로 깊게 파고 들어가 보렴. 아무도 모르게, 오로지 너 자신하고만 해야 할 작업이란다.

예언자 / 칼릴 지브란, 유정란 역 /
2012, 더클래식

자기만의 치유 공간을 어디에 두는 게 좋을까? 치유 공간이라는 것이 단순한 물리적인 공간만을 뜻하는 것은 아니라는 것 이미 눈치 챘겠지. 칼릴 지브란의 《예언자》는 삶에 지쳐 있을 때, 무엇인가에 쫓기듯 사느라 지금 내 마음이 어디를 향해 있는지 감을 잡을 수 없을 때 도망가기 딱 좋은 공간이 아닐까 해. 텍스트도 숨 쉴 공간이 되어준다는 것을 증명해주는 책이 《예언자》일 거야. 혼자 고요하게 앉아 《예언자》가 건네는 나직한 목소리에 귀를 기울이는 것 자체가 치유의 경험이 되어주기도 하거든.

칼릴 지브란은 《예언자》를 두고 '이 작은 책을 위해 평생을 보냈다'고 표현했어. 열다섯 살이라는 어린 나이에 예언자의 밑바탕이 되어줄 좋은 세상을 만들기 위한 고민을 시작했고 마흔 살이 되어서야 완성했던 평생의 역작이 바로 《예언자》였단다.

《예언자》가 출판된 1923년 무렵의 세계는 '제1차 세계대전'의 혼란 한가운데에 있었고, 사람들은 불안과 두려움에 휩싸여 있었어. 누군가의 치유가 너무나도 간절했던 시기였지. 이 시기에 나온 《예언자》는 지칠 대로 지친 불안한 인간의 영혼을 어루만져주는 종교와도 같은 것이었어. '알 무스타파'의 입을 통해 전해지는 삶과 사랑, 일, 슬픔, 기쁨, 결혼, 말하는 것에 대한 지혜의 말들은 치유의 목소리 그 자체였지.

지금 우리가 사는 시대도 그때와 다르지 않아. 무한경쟁에 지친 영혼들이 불안에 잠식되어 있으니까. 《예언자》가 지금도 깊은 울림을 주는 이유이기도 해. 치유가 필요할 때 펴보면 좋을 책이다.

엄마가 그은 밑줄

사랑은 이 모든 일을 행하여 그대들 속에 있는 비밀을 일깨울 것이며 그 깨달음은 그대들의 삶에서 한 조각의 심장이 될 것입니다.

날개 달린 마음으로 새벽에 일어나 사랑할 날이 하루 더 있다는 것에 감사하기를. 한낮에 휴식을 취하여 사랑의 황홀함을 되새기기를. 저녁에는 감사하는 마음으로 집에 돌아오기를 그리고 마음속으로 사랑하는 이를 위해 기도하기를, 그대들의 입술로 찬미의 노래를 부르며 잠들기를.

태은 :   난 고등학교만 졸업하면 엄청 이뻐질 거야.
나 :   어련하시겠어?
태은 :   정말 이쁘게 하고 다닐 거야, 연애할 거야!
나 :   언제나 기승전연애.
태은 :   뜨거운 나이잖아!

다이어트는
몸을 돌보는 일부터

다이어트 광풍이 불고 있다. 여성의 몸은 전쟁터가 된 지 오래. 어쩜 그렇게도 요구하는 것들이 많은지, 머리가 빙빙 돌 지경이다. 허벅지는 서로 붙으면 안 되고, 입술은 도톰해야 하고, 허리는 잘록하면서도 가슴은 섹시함을 잃어서는 안 되고, 얼굴은 또 청순한 빛을 띠어야 된단다.

어릴 때부터 귀에 못이 박히도록 듣고, 텔레비전에서 눈으로 익히다 보면 정말 그런 여성의 몸이 예뻐 보이게 되지. 내 몸은 왜 그렇지 않은지 자책하고, 닮아가려고 애쓰는 것이 여성이 되어가는 과정이라고 말하면 너무 안타까운 과언일까?

우리는 대중매체의 숱한 이미지들이 '나는 예쁘지 않다. 나는 날씬하지 않다'라는 생각을 자연스럽게 내재화시키도록 만들고 있는 사회에 살고 있다. 여성은 능력보다는 외모로 그 가치를 인정받다 보니 외모 가꾸기가 곧 자기 관리가 되어버렸어. "이왕이면 예쁜 게 좋지 않아? 건강을 위해서라도 살은 빼야 해. 뚱뚱한 것은 죄악이야" 하는 말들을 아무렇지도 않게 서로에게 충고처럼 하면서 말이야.

어마어마한 규모의 성형 산업과 다이어트 산업이 여성의 외모를 획일화하고 있고, 우리는 거기에 아주 충실하게 이용되고 있지. 더 큰 문제는 사회가 제시하는 미의 기준에 맞지 않는 다수의 여성들이 갖게 되는 자기 비하감과 열패감이야. 어떤 경우에도 자기 존재를 긍정하는 것이 기본이 되어야 하는데 "너는 못생겼어"라고 속삭이는 사회 속에서 자기를 긍정하기란 아주 어렵거든. 스스로 자기의 몸이 예쁘다고 인정하지 못하는데 어떻게 자기 존재를 긍정할 수 있겠니? 무엇을 해도 자신이 없는 거야.

이제 네 몸을 잘 돌봐야 할 때가 왔어. 남들에게 예쁘게 보이기 위해서 몸을 관리해야 한다는 게 아니야. 목적을 분명히 하자. '이왕이면 예쁘고 날씬한 게 좋잖아? 그러니 다이어트를 해보자' 하는 마음은 갖지 않았으면 한다. 다이어트를 부추기는 산업이나 의학 담론의 도구로 네 몸을 맡기지 말고 스스로 돌볼 수 있는 주인으로서의 자리를 찾자는 의미란다.

그동안 너는 네 몸을 돌보지 않고 지내왔을 거야. 인스턴트 음식, 불량 식품을 많이도 먹어왔을 거고, 스스로 검열하는 시선으로 네 몸을 대해왔을 거야. 그치? 먼저 네 몸을 바라보는 스스로의 시선부터 바꿔보도록 하자. 그동안 네 몸을 미워하고 혐오해왔던 네 마음을 솔직하게 인정하고 화해의 손길을 내밀어보는 거다. 네 눈, 네 다리, 네 피부를 따스하게 쓰다듬어주는 것으로 미안함을 전하는 거야.

누가 뭐라고 하든 넌 예쁜 존재야. 스스로에게 예쁘다고 말해주는 것이 제일 힘센 칭찬임을 알아야 해. 거울 앞에서 가장 자신 있는 자세를 취하렴. 그리고 말해줘. "거기 있는 너, 참 멋지구나!" 하고 말이야. 몸은 네 말처럼 멋지게 그 자리에 서 있단다.

먹는 것에서부터 정성을 들였으면 해. 세상에 둘도 없이 소중한 네 몸으로 들어가는 거잖아. 네 몸을 돌보는 가장 기본적인 일이 먹는 것을 가리는 거라 생각해. 인스턴트나 패스트푸드 대신 제 철에 나는 향 좋은 나물들, 빛깔 고운 과일들을 맛있게 먹어주렴. 네 피부에 윤이 날 거야.

이제 다이어트 이야기를 해보자. 지금 그대로의 네 모습이 엄마는 괜찮다고 생각해. 너도 그렇게 여겼으면 좋겠어. 사회가 제시하는 사이즈에 굳이 맞출 필요는 없지. 인스턴트나 패스트푸드만 가려 먹어도 살은 더 찌지 않을 거야. 건강 때문에 혹은 절실한 이유 때문에 살을 빼야겠다는 생각이 들거든 조금 유쾌하고 가벼운 마음으로 다이어트를 즐기도록 해봐.

굶기고 혹사시키는 다이어트는 효과도 좋지 않아. 네 몸을 아끼고 사랑하고 돌보는 방식으로 접근해야 다이어트도 즐겁게 할 수 있어. 몸을 살리는 다이어트를 해보는 거야.

다이어트는 철저한 '산수'란다. 복잡한 '수학'이 아니야. '먹는 양보다 움직이는 양이 많으면 살은 빠진다' 이것만 기억하면 돼.

열량이 높은 음식은 조절하고 매 끼니 잡곡밥과 야채, 살코기 위주의 식사를 적당량만 하고, 간식이나 야식을 먹지 않으면 된다. 단순하지만 아주 어려운 일이기도 해. 하지만 '자신을 절제하는 능력은 살면서 가져야 할 아주 중요한 삶의 기예란다. 갈고 닦아야 하는 거지. 건강한 몸을 위해 먹을 것을 관리하고 성공해보는 경험이 누적되면 굉장한 삶의 기예가 생기는 거란다.

다이어트를 위해서가 아니라 네 삶을 네 의지대로 꾸려갈 수 있는 능력을 키우기 위해 네 몸부터 관리를 해보는 거다. 남의 시선에 들기 위해 다이어트를 하는 것이 아니라 네 몸을 아끼고 보살피다 보면 다이어트를 저절로 하게 된다는 것을 기억하렴.

네 존재를 위해서 너에게 좋은 것을 해주어라. 몸에 좋은 것을 골라 먹이고, 고운 시선으로 너의 몸을 보아라. 좋은 풍경이 있는 곳에 너를 데리고 가고, 땅에 발을 딛고 걷게 해주어라. 너를 사랑하고 너를 믿어주고 너에게 희망을 줄 수 있는 첫 번째 존재는 너 자신이어야 한다. 그런 마음으로 너를 정성껏 돌봐주렴.

몸을 살리는 다이어트 여행 / 이유명호 /
2007, 이프

엄마는 이 책의 저자이자 한의사, 여성인권운동가인 이유명호 선생님이 지어주
신 한약을 먹은 적이 있어. 아니다. 더 정확하게 말하면 받은 적이 있단다. 언젠
가 '여성신문사'에서 글을 공모했는데, 당시 수상작품에 대한 시상품이 이유명호
선생님이 지어주시는 한약이었거든. 그리고 엄마가 바로 그 상의 주인공이었고.
그래서 더 친근한 분이기도 해.

이 쪽 동네(여성운동계?)에서 이유명호 선생님은 아주 유명하시지. 여성주의적
인 관점을 정확하게 가지고 계실 뿐만 아니라 실천적인 활동도 굉장히 저돌적
으로 하시거든.

《몸을 살리는 다이어트》는 이유명호 선생님이기에 쓸 수 있는 전문적인 책이야.
여성의 몸을 이리저리 깎아내거나 소외시키는 우리 사회의 다이어트 산업과는
다른 지점에서 쓰인 다이어트 비법서지. 자기 몸의 주인으로서, 자기 몸을 아끼
고 사랑하는 방법으로서의 다이어트 비법을 아주 자세하고 친절하게 안내해주
고 있어. 책을 읽다 보면 고통스러운 다이어트가 아니라 신나게 웃으면서 할 수
있는 다이어트의 실체를 배울 수 있게 돼. 다이어트라는 결론은 같아도, 거기에

이르는 과정은 확연히 다르다는 것을 알게 된단다.

보통 한의사라고 하면 한약이나 권하겠거니, 하는 생각을 오해로 만들어버리는 명쾌한 실천서야. 날씬하기를 강요하는 사회의 기준에 맞추기 위한 맹목적인 다이어트를 반대하고, 자기 몸과 영혼을 돌보는 방식으로서의 다이어트를 강하게 권하는 이 책을 꼭 읽어보길 바란다.

 엄마가 그은 밑줄

살 때문에 받는 스트레스는 울화가 되어 마음속에 켜켜이 쌓이게 된다. 자신도 모르는 사이에 몸과 외모에 대한 열등감, 분노, 좌절이 깊어가며 죄책감마저 든다. 사정이 이러한데 몸을 굶기고, 야단치고, 눈치를 주며 자학하면 되겠나. 몸에 서리서리 쌓인 한(恨)을 우선 풀어야지. 살로 인해 스트레스를 받지만 스트레스 때문에 살이 찌기도 하는 것. 몸과 마음은 하나라서 어긋나고 꼬여있는 걸 풀어 화해를 해야 마땅하다.

이젠 억압하고, 비난하고, 강요하고, 낭비하는 불행한 살빼기는 그만두자.

몸의 소중함을 되찾고, 마음도 다스리고, 이웃과 자연, 다른 생명을 돌아보는 건강하고 조화로운 방법을 찾자. 그래서 내가 권하고 싶은 방법이 '살풀이 속풀이'다. 살풀이 속풀이란 우리의 몸과 마음이 어울려서 보살피는 살림판이다.

생각부터 바꾸자. 그리하면 몸이 따라가고, 행동이 바뀌고, 맺힌 속도 풀어진다.

자신의 체질을 연구해보고 솔직하게 원인과 문제점을 찾아본다. 도대체 지방과 근육은 무슨 관계인지도 공부해보자.

살 빼기는 몸과 마음으로 하는 공부이며 도 닦기다.

제대로 익혀 평생 습관이 되면 독서나 음악감상, 운동처럼 우릴 행복하게 해준다. 살풀이는 건강 증진과 체중 조절이라는 눈에 보이는 열매가 있다. 문제는 스스로 하느냐, 남의 도움을 받느냐, 받으면 얼마나 도움을 받느냐 하는 것 등이다. 돈 많으면 독선생 앉혀놓고 고액과외도 하고 유학도 갈 수 있는 것처럼 수입 약, 단식원, 병원, 한의원을 두루 이용하며 수백만 내지 수천만 원까지 쓰며 살을 뺄 수도 있다. 그때 자신은 판매나 치료의 대상일 뿐이다. 소극적 수동적인 자세를 버리고 스스로 치료자가 되고 싶지 않은가.

태은 : 엄마는 어떨 때 마음이 벅차올라?

나 : 음…… 책을 읽다가 내 마음을 흔드는 문장을 만났을 때는 아주 미쳐버리지.

태은 : 나도 그래. 시든 소설이든 하다못해 신문 전단지에서라도 멋진 문장을 만나면
        이걸 만나기 위해 내가 살아왔구나 싶어 막 벅차올라.

나 : 그렇지? 멋있는 남자가 아무리 날 사랑한대도 이 정도로 벅차진 않을걸?

태은 : 나는 그 벅차오르는 문장을 쓴 작가랑 같은 하늘 아래 살고 있다는 게
        그렇게 좋을 수가 없어.

너만의 책읽기 리스트

엄마가 좋아하는 작가 중에 정희진 선생님이 있단다. 좋아할 뿐만 아니라 존경하는 분이라 엄마는 꼭 '선생님'을 붙여 부른단다. 나름의 존경을 표하는 의식인 거지. 언젠가 선생님을 한 번 직접 뵈었는데, 그 한 번의 만남은 강렬했어.

선생님은 머리를 싹 밀고 광주에 강의를 오셨더랬다. 강연 주제는 엄마 노릇에 대한 것이었는데, 선생님의 어머니께 받았던 상처들과 선생님이 딸에게 주었던 상처들을 솔직하게 드러내는 걸 듣고 나의 모자란 엄마노릇에 대해 작은 위안을 받았단다.

글로 만나던 분을 실제로 만나게 되면 사실 실망하는 경우가 많은데, 엄마가 만난 정희진 선생님은 글로 만나는 정희진 선생님과 다르지 않았어. 글과 삶이 일치하는 가장 좋은 경우였던 거지. 선생님을 만나기 전에도 좋았지만 만나고 난 후가 더 좋았다. 그 후에 읽는 선생님의 글에는 엄마가 들은 목소리, 엄마가 본 얼굴의 구체성까지 더해져 더욱 생기가 넘쳤었지.

엄마는 한겨레신문 토요일자 고정 코너에 실리는 정희진 선생님의 글을 매주 기다렸어.

글에도 인격이 있음을 선생님의 글을 읽으면서 이해할 수 있었다. 정치적으로 올바른 글이면서 읽기에는 아주 까다로워 정신을 바짝 차리고 읽어야만 하는 글. 독후감인데, 원작과는 전혀 다른 새로운 텍스트로서의 글. 선생님의 글을 읽으면 매번 가슴이 두근거렸다. 머뭇거리며 읽기를 아꼈고,

고개를 들어 생각에 잠겼고, 연필을 들어 밑줄을 그었지.

선생님의 칼럼은 전부 마음에 새겨두고 싶었다. 그 칼럼들을 묶어 낸 책이 《정희진처럼 읽기》야.

책에 대한 책이되 책 이야기보다는 정희진 선생님의 깨달음이 더 많이 담겨있지. 베스트셀러도 아니고 익숙한 고전도 아닌 것이, 정희진 선생님의 몸을 통과해 나온 반짝이는 독후의 감들이 그 어떤 유명한 고전보다 더 나를 사로잡았단다. 정희진 선생님의 몸을 통과해서 선생님으로 하여금 다른 삶을 살게 한 책들을 나도 고스란히 읽고 싶다는 욕망을 가지게 만들었지.

"오래도록 쓰라린 책, 면역력이 생기지 않는 책, 나를 다른 사람으로 만드는 자극적인 책, 그것이 내가 생각하는 좋은 책이다."

– 정희진 《정희진처럼 읽기》 중에서

선생님의 말씀에 엄마는 동의한다. 감동받는다. 지식과 정보를 얻는 것만이 책의 목적이 아니다. "삶과 몸을 바꾸어내는 책, 미칠 듯이 아파서 다르게 살지 않으면 안 되게 만드는 것이 책의 진짜 목적이다"라는 선생님의 말씀에 나는 마음을 모두 내어주고 싶은 거다.

이 책에서, 내 마음을 질러서 들어와 자리를 잡은 구절이 또 있는데, 이 것도 너에게 들려주고 싶구나.

"텍스트를 통과하기 전의 내가 있고 통과한 후의 내가 있다. 내게 가장 어려운 책은 나의 경험과 겹치면서 오래도록 쓰라린 책이다. 여운이 남고 머릿속을 떠나지 않으며 괴롭고 슬프고 마침내 사고방식에 변화가 오거나 인생관이 바뀌는 책이 있다. 즉 나를 다른 사람으로 만드는 책이 있다. 그런 책은 여러 번 읽고 필사를 한다. 책을 완전히 내 것으로, 내 몸의 일부로 만들기 위해서다."

정말 멋진 표현이지 않니? 텍스트를 통과하기 전의 '나'와 통과한 후의 '나'라는 표현의 정치함에 마음이 확 가 닿더구나. 책을 그냥 읽는 게 아닌 거다. 읽어서 삶과 자신을 바꾸는 거다. 어렵지만 매력적인 일, 닮고 싶은 일이다. 책을 몸의 일부로 만들기 위해 읽고, 읽고, 또 읽고 필사까지 한다니. 엄마는 정말 좋다는 책, 내 인생을 뒤흔들었다는 책을 이렇게 성실하게 읽고 쓰고 한 적이 없는 것 같아.

선생님이 책을 얼마나 성실하게 읽고, 얼마나 부지런하고 치열하게 공부했는지 엿본 후, 엄마는 진심으로 변하고 싶고 그림자라도 밟고 싶어 엄마만의 책읽기를 해나가고 있는 중이란다.

태은아.

책읽기가 모든 사람에게 균일한 의미일 수는 없음을 알고 있단다. 책읽기의 의미는 사람의 수만큼이나 다양한 거지. 누구에게는 책읽기가 정보와 지식을 얻는 통로일 것이고 또 다른 누구에게는 살아가는 데 용기를 주는 행위일 수도 있는 거야. 책읽기가 어떤 무엇이어야 한다는 정답은 없단다.

책읽기가 무엇인지 너만의 의미를 찾는 과정을 꼭 거쳤으면 좋겠구나. 권위 있는 전문가가 꼭 읽어야 하는 책이라고 권하는 것들을 그대로 받아들이지 말고, 네가 읽고 싶은 것들을 한 권씩 찾아 읽으면서 너만의 리스트를 하나씩 채워나갔으면 한다.

많은 양을 읽어야 한다는 부담도 가질 필요가 없다. 그저 네 마음을 따뜻하게 해주거나 혹은 아프게 돌아보게 해서 자꾸 들여다보고 싶은 책을 조금씩 읽어나가면 되는 거란다. 그렇게 읽어나가는 동안 너만의 읽기가 완성되어 가는 거지. 퍼즐 조각을 맞춰 가듯 시간을 두고 천천히 해나가면 되는 일이야.

네가 시간을 들여가며 조금씩 채워나갈 너만의 리스트에 어떤 책이 올라가게 될지 기다려지는구나. 어쨌든 그 책들이 너를 미래로 밀어줄 거라는 사실은 분명히 말해줄 수 있겠다.

네가 완성한 '태은이처럼 읽기'를, 엄마가 완성한 '김항심처럼 읽기'와 나란히 두고 이야기할 수 있는 날이 어서 오기를…….

정희진처럼 읽기 / 정희진 /
2014, 교양인

이 책은 더 이상의 소개가 필요하지 않다. 엄마가 쓸 지면을 최대한 아껴 선생님의 문장을 몇 줄이라도 더 읽게 해주고 싶은 마음이 크구나.

 엄마가 그은 밑줄

나는 자극적인 책만 읽는다. 여기서 말하려는 지적 자극의 본질적인 측면은 요동하는 세계관이다. 아는 방법을 질문하는 책, 우리를 다른 세계로 인도하는 책은 피사체를 내가 모르는 위치에서 찍은 것이다. 하늘 위에서가 아니라 건물 옆에서, 지하에서, 건물 뒤에서, 아주 멀리서 혹은 나와 완전히 다른 배경에 있는 사람이 찍은 것이다.

내가 생각하는 독후감의 의미는 단어 그 자체에 있다. 독후감. 말 그대로 읽은 후의 느낌과 생각과 감상이다. 책을 읽기 전후 변화한 나에 대해 쓰는 것이다. 그러므로 자기가 없다면 독후감도 없다. 독서는 몸이 책을 통과하는 것이다. 터널이나 숲속, 지옥과 천국을 통과하는 것처럼 어딘가를 거친 후에 나는 변화할 수밖에 없다. 독후감은 그 변화 전후에 대한 자기 서사다. 변화의 요인, 변화의 의미, 변화의 결과……. 그러니 독후의 감이다.

인생을 한 장면으로 요약한 소설이 있다면 나는 주저 없이 김원일의 《오늘 부는 바람》을 들겠다. 빼어난 문장이란 그 자체로 영상이며 읽는 이의 몸에 배어들고 몸을 베는 글이다.

태은 : 엄마, 책 한 권 주문해 줘.
나 : 무슨 책?
태은 : 《예루살렘의 아이히만》.
나 : 백퍼센트 안 읽는다에 100만 표 던진다.
태은 : 아니야, 읽을 거야. 사 줘!
나 : 슬픈 예감은 늘 틀리는 법이 없지.
태은 : 틀릴 때도 있다는 걸 보여주지.

폴짝, 높기만 한
책등 넘기

《국경의 도서관》,《나는 작가가 되기로 했다》,《푸른 눈, 갈색 눈》,《페미니즘의 도전》,《나를 대단하다고 하지 마라》,《단속사회》,《공부 중독》……. 이게 다 뭐냐고? 엄마가 요즘 읽고 있는 책들, 아니 정확하게 말하자면 엄마의 책상 위에 쌓여있는 책들의 제목이야. 혹시 궁금해 할까 싶어서 옮겨봤단다. 다 읽은 책도 있고, 읽어야 할 책도 있어. 어쩌면 읽지 않고 책꽂이로 돌아갈 책도 있을 거야. 엄마에게는 책을 꼭 다 읽어야만 한다는 강박은 없거든. 한번 읽어봐야지 싶어 구입한 책들도 금세 마음이 식어 들여다보고 싶지 않기도 해. 그럴 때는 미련 없이 치워버린단다. 시간이 지나 다시 읽을 마음이 들면 그때 읽어도 늦지 않으니까.

이번에 너한테 해주고 싶은 이야기는 책의 높은 등을 어떻게 넘을 수 있을까 하는 거야. 엄마는 강연을 할 때 책읽기의 긍정적인 의미에 대해 자주 얘기해. 그럴 때마다 나오는 질문이 "책읽기 습관이 들지 않아서 책 한 권 읽어내기가 쉽지 않은데, 어떻게 시작하면 좋을까요?" 하는 거야. 여기에 덧붙여 "어떤 책을 읽어야 하나요?" 하는 질문이 꼭 나오지.

활자의 압박을 견디는 것은 연습이 필요한 일이란다. 두꺼운 책을 한 문장씩 읽어내면서 한 장씩 넘겨 나가는 것을 긴 시간 해내는 일, 이건 어지간한 인내심 없이는 계속하기 어려운 지루한 일이지. 만약 책읽기를 많은 전문가들이 권하는 고전으로 시작한다면, 실패할 확률이 높단다. 엄마도 전문가들이 추천하는 고전 도서는 읽기가 힘들거든. 여기에다 '책은 끝까지 읽어야 한다'는 생각까지 가지고 있다면, 책 읽기는 거의 중노동에 가까운 고역이 된단다. 책읽기에 대한 처음 경험이 그렇게 각인되면, 책읽기에 재미를 붙이고 습관들이기가 힘겨운 일이 될 수 있지.

엄마가 최초로 책을 끝까지 읽은 건 고등학교 2학년 때였는데, 윤정모의 《고삐》라는 소설이었어. 흠모하던 국어선생님께서 수업시간에 잠깐 말씀해주셨던 소설이었는데, 그 선생님한테 잘 보이고 싶은 마음에 읽게 된 거지. 굉장히 무거운 주제를 다룬 사회성 짙은 소설이었어. 여성 주인공이 1970~80년대를 건너면서 겪는 엄청난 일들이 여과 없이 표현되어 있었지. 미군 주둔지 인근에 있었던 소위 '기지촌 여성의 삶' 이런 걸 다룬 책이었는데, 고등학생이었던 엄마로서는 쉽게 이해할 수 없었던 내용이었지만 끝까지 다 읽었어. 고백하자면 그 책이 좀 야했거든. 야한 부분만 더 집중해서 읽었던 기억까지 나는데, 줄거리는 기억나지 않는구나. 어쨌든 《고삐》는 책을 끝까지 읽었을 때의 뿌듯함을 느끼게 해준 최초의 책이었어.

만일 책읽기가 처음이라면 혹은 책장을 끝까지 넘긴 경험이 없다면 시작은 가볍게 읽을 수 있는 즐거운 책으로 하렴. 어떤 책이라도 좋아. 베스트셀러도 좋다. 남들이 많이 읽은 책이라면 그만큼 넘기기가 쉬운 책이라는 뜻이니까. 서점에 나가서 이 책 저 책 편하게 넘겨보다 보면 끝까지 읽고 싶은 책이 있을 거다. 그 책을 집에 데리고 오렴. 그 책이 바로 네가 끝까지 읽게 될 최초의 책이 될지도 몰라. 물론 읽다가 그만 읽고 싶어질 수도 있지. 그럴 땐 미련 없이 책꽂이 한쪽에 꽂아두면 돼. 끝까지 읽고 싶은 책은 천천히 만나지는 법이거든.

자기계발서로 시작하는 것도 괜찮단다. 자기계발서를 여러 권 읽다 보면 전하는 교훈들이 비슷하다는 것을 발견하는 순간이 오는데, 그때가 오기 전까지는 자기계발서들도 읽어두면 다 보탬이 되는 좋은 내용들이지. 자기계발서가 들려주는 이런저런 삶의 교훈들을 읽노라면 삶에 대한 의지가 불끈 솟아오르기도 하거든.

엄마처럼 소설로 시작하는 것도 괜찮다. 엄마는 《고삐》를 읽은 뒤부터 소설 읽는 재미에 눈을 떴어. 그 뒤로 참 많은 소설책을 읽었는데, 큰 성취감을 주었지. 특히 책읽기를 처음 시작할 때는 자신이 읽은 책이 책꽂이에 한 권 한 권 늘어나는 걸 보는 재미가 엄청나거든. 베스트셀러가 되었든 자기계발서가 되었든 소설이 되었든 네가 편한 마음으로 넘길 수 있는 책으로 시작을 해서 한 권씩 늘려 나가다 보면 너도 모르는 새에 책 읽기가 편해지고 습관이 되는 때가 온단다. 그때까지는 시간과 정성을 들여야 해.

책읽기의 습관이 들여질 정도가 되면 책을 보는 네 눈도 조금은 깊어지고, 욕심도 함께 자라게 되지. 더 의미 있는 책을 읽고 싶어지고, 네 관심이 확장되어 생각하지 않았던 분야의 책에도 눈이 가게 될 때가 온단다. 좋아하는 작가가 생기기도 해. 좋아하는 작가가 생기면 그 작가의 책을 다 읽어보고 싶어지고, 그 작가가 권하는 책까지 찾아보게 되지. 그러다 보면 또 네가 몰랐던 다른 책의 영역으로 성큼 걸어 들어가게 되고, 그곳에서 또 다른 책을 만나게 된단다.

다른 책을 많이 만날수록 네 눈은 더 깊어지게 되니까 아주 기분 좋은 순환이 시작되는 거지. 뭐든 처음이 어렵지, 일단 길을 들여놓으면 아주 큰 선물과 같은 성장을 맞이할 수 있게 된단다.

기억하렴. 네가 지금 읽는 책이 네가 맞이할 미래의 모습일 수 있다는 사실을. 그리고 네가 지금 읽고 있는 것들이 꿈이 되고, 그 꿈이 실현되는 날이 곧 오리라는 것을.

차라투스트라는 이렇게 말했다 /
프리드리히 니체, 장희창 역 /
2014, 민음사

니체를 동경했지만 그의 책을 읽기는 많이 어려웠어. 《차라투스트라는 이렇게 말했다》는 엄마가 스물두어 살 즈음에 한번 읽어보려 시도해본 적이 있단다. 그 야말로 시도였지. 도통 무슨 말인지 모르겠더구나. 읽다가 바로 덮어서 밀쳐두 었다.

엄마에게 높은 등을 허락하지 않는 책이 한두 권이겠느냐만 니체의 책은 특히 그 중에서도 넘기 힘든 등이고 벽이다. 차라투스트라를 다시 집어든 것은 20년이 지난 마흔두엇의 어느 때였단다. 역시 읽기 어려웠지만 마음으로 질러 들어오는 좋은 문장들을 만났지. 20년의 시간 차가 보여준 눈부신 발전이라고나 할까? 아이의 마음으로 내 안의 초인을 찾아서 현재를 살라는 메시지, 이 생이 다시 똑 같이 반복한다 해도 후회하지 않을 만큼 치열하게 살라는 메시지, 고난과 역경조 차도 치열하게 끌어안아 자신을 성장시킬 수 있는 토대로 이용하고 승화시키라 는 메시지가 마음에 새겨졌지. 그런 메시지가 왜 20대 때에는 보이지 않았을까? 이해하기 어려운 고전, 도무지 읽을 엄두가 나지 않는 철학서들을 억지로, 끝까 지, 반드시 읽을 필요는 없어. 그저 마음이 가는 만큼만 읽고 덮어두어도 충분하단다. 덮어두면 익을 때가 오거든. 언제든 마음이 움직일 때 다시 읽어도 돼. 고백컨대 엄마는 지금도 《차라투스트라는 이렇게 말했다》의 10퍼센트도 이해하지 못해. 사실 뒷부분은 다 읽지도 않았어. '아직은' 말이야. 언제든 다시 읽고 싶어지는 때가 오면 그때 읽으려고 해. 책은 그래서 좋은 거야. 읽고 싶을 때를 내가 정할 수 있거든. 니체의 《차라투스트라는 이렇게 말했다》는 가까이 두고 자주 열어보고 가뿐한 마음으로 덮을 수 있는 책이길 바란다. 언젠가는 니체의 말이 너를 환하게 만들어줄 거야.

엄마가 그은 밑줄

용기를 가지라. 개의치 마라. 조롱하라. 난폭하게 행동하라. 지혜는 우리들이 이렇게 되기를 원한다. 지혜는 여인이다. 따라서 언제나 전사만을 사랑한다. 그대들이 내게 말한다. "삶은 감당키 어렵다"라고. 하지만 무엇 때문에 그대들은 아침에는 긍지를 가졌다가 저녁에는 체념하는가? 삶은 감당키 어렵다. 그러나 내게 그처럼 연약한 태도를 보이지 마라!

정신의 해방을 얻은 자는 다시 자기 자신을 정화해야 한다. 아직도 많은 구속과 곰팡이가 그에게 남아있기 때문이다. 그의 눈은 더 순수해져야 한다. 그렇다. 나는 그대가 처한 위험을 알고 있다. 그러나 나의 사랑과 희망을 걸고 그대에게 간절히 바라노니 그대의 사랑과 희망을 던져버리지 마라!

그대들이 세계라고 부르는 것, 그것은 우선 그대들에 의해 창조되어야 한다. 이 세계는 그대들의 이성, 그대들의 심상, 그대들의 의지, 그대들의 사랑 안에서 만들어져야 한다. 그대 인식하는 자들이여, 그러면 그대들은 그대들의 행복에 도달하게 되리라.

그대 창조하는 자들이여. 그대들의 삶에는 수많은 고통스런 죽음이 있어야 한다. 그리하여 그대들은 그 모든 무상함의 대변자가 되고 옹호자가 되어야 하는 것이다. 창조하는 자 스스로가 새로 태어날 아이가 되려면 그 자신이 산부가 되어 그 산고를 겪으려 해야 한다. 참으로 나는 백 개의 영혼을 거쳐왔고, 백 개의 요람과 산고를 겪으며 나의 길을 걸어왔다. 많은 작별을 하였고 가슴이 찢어지는 듯한 최후의 순간들을 잘 알고 있다.

태은 : 이육사의 시를 읽을 때마다 나는 마음이 벅차!

나 : 이육사의 시가? 난 별 감흥이 없던데…….

태은 : 엄마는 이육사의 시 중에 아는 거 하나라도 있어?

나 : '내 고장 칠월은 청포도가' 뭐 어쩌고 하는 시는 알아.

태은 : 엄마의 수준은 딱 교과서에 머물러 있구만!

시(詩)만 한 위로,
시 같은 기쁨

어젯밤에는 잠이 오지 않아 오래 뒤척였단다. 마침 읽던 책이 신형철이라는 평론가가 쓴 《느낌의 공동체》라는 산문집이었는데, 그 책 어딘가에 인용돼 있던 '가재미'라는 시에 오래 마음이 머물렀었지.

김천의료원 6인실 302호에 산소마스크를 쓰고 암투병 중인 그녀가 누워 있다

바닥에 바짝 엎드린 가재미처럼 그녀가 누워 있다

나는 그녀의 옆에 나란히 한 마리 가재미로 눕는다

가재미가 가재미에게 눈길을 건네자 그녀가 울컥 눈물을 쏟아낸다

한쪽 눈이 다른 한쪽 눈으로 옮아 붙은 야윈 그녀가 운다

그녀는 죽음만을 보고 있고 나는 그녀가 살아온 파랑 같은 날들을 보고 있다

좌우를 흔들며 살던 그녀의 물속 삶을 나는 떠올린다

— 문태준 《가재미》 중에서

여러 번 읽었단다. 속으로도 읽고 소리 내어서도 읽었지. 마음에 아리고 슬픈 정서가 스며들면서 지난 시절의 한 장면이 같이 포개지기도 했단다. 나의 아버지가 누워 있던 병실도 떠올랐고 함께 누워 한없이 황망했던 시간들도 되새겨졌어. 그 시절, 나의 아버지는 죽음 앞에 의연했는데, 나는

아버지의 삶 앞에서 무너졌단다. 시인의 언어로 호명된 그 시절이 아파서 잠을 이룰 수가 없었다.

시인의 시는 꿈속으로 나의 아버지까지 초대하더구나. 꿈속에서 만난 아버지는 젊은 모습으로 정갈하게 서 계셨단다. 노란색에 가까운 갈색의 콤비 재킷을 입고 내 집 앞에 서 계셨는데, 얼마나 서럽게 반가웠던지 앞에서 안고 뒤에서 안아보다 잠에서 깼지. 생생히 느껴지던 아버지 피부의 느낌을 시의 언어로 말할 수 있다면 참 좋겠다 싶었어. 이럴 때 시만 한 위로가 없거든.

시는 참 낯설고도 어려운 영역이다. 고등학교 졸업할 때까지 시를 배운 역사를 더듬어보면 그럴 수밖에 없기도 해. 그냥 읽고 마음에 들어오는 대로 느끼면 될 것을, 시를 분석하고 시인의 의도를 외우느라 바빴잖아. 시는 그야말로 요령부득의 영역이었어. 그치? 한용운이 말하는 '님'을 왜 꼭 '조국'으로 해석해야 하는지, 그냥 그리운 나의 님일 수는 없는 것인지, 그 시절에 엄마는 답답했단다.

나에게 시는 아주 어려운 공부이자 재미없는 시험문제일 뿐이었어. 시가 내 삶과 멀어지는 것은 어쩌면 당연한 일이었지.

시가 전문가의 '분석'이나 '해석'을 통과하지 않고 그냥 나의 마음으로 바로 들어온 최초의 경험은 대학교 3학년 봄 즈음에 있었다. 벚꽃이 흐드러지게 피던 때였어. 수업시간이었고, 엄마는 교수님 몰래 시집을 펴서 읽던 중이었다. 최영미 시인의 《서른, 잔치는 끝났다》라는 시집이었어. 그 당시, 아주 도발적인 시로 사람들의 많은 관심을 받던 시집이었단다.

'꽃이 피는 건 어려워도 지는 건 잠깐이더군' 하는 서정적인 언어에서부터 '컴퓨터와 씹하고 싶다'는 도발적인 언어까지, 읽다가 그만 '시라는 것'에

매혹되었단다. 너무 좋았던 거야. 어렵다 느껴지지도 않고, 이게 무슨 뜻일까 분석하게 되지도 않고 그냥 마음으로 쫙쫙 스며드는 느낌이었어. 읽는 것 자체로 묘한 해방감을 느끼게 하는 시. 그런 경험은 처음이었지. 시 같은 기쁨이 없다는 것을 알게 되었다.

시집에 너무 몰두했던가 봐. 읽다가 교수님한테 딱 걸렸는데 말이야, 독일 유학을 다녀오신 젊은 그 교수님께서 시집을 가져가 보시더니, 그중 한 편을 낭송해주셨어. 혼내시지 않고, 참 좋은 목소리로 한 편의 시를 골라 소리 내어 읽어주시고는 "봄날 읽기 좋은 시구나" 하셨단다. 내가 몰래 읽고, 교수님께서 소리 내어 읽으셨던 그녀의 시 한 편은 우리를 하나의 마음으로 이어주었단다. 그 놀라운 경험을 무엇이라 표현할 수 있을까? 그저 '시 같은 기쁨이 없다'라는 표현이면 충분할까?

그때부터 엄마는 시를 즐겨 읽게 되었지. 이해의 깊이가 얕아서 어려운 시는 잘 읽지 않아. 읽어도 모르겠는 시보다는 말랑말랑하게 잘 새겨지는 시들, 지난 사랑을 절절하게 호명하게 만드는 시들, 불안하고 두려워 자꾸 숨고 싶어질 때 힘을 주는 시들, 그런 시들을 찾아 읽게 되더구나.

읽다 보면 정말 시만 한 위로가 없고 시 같은 기쁨이 없다는 걸 알게 된단다.

시가 무엇인지는 말할 수가 없어. 잘 모르겠다. 다만 시를 읽으면 설명할 수 없었던 마음의 정서들이 이해될 때가 많았고, 다른 사람의 감정을 더듬어보기가 쉬웠다는 정도는 말할 수 있겠구나.

시를 소리 내어 읽을 때 행복하다는 것도 시를 읽게 만드는 이유이기도 해. 이것만으로도 충분한 거지.

시를 읽지 않는 시대라는 한탄이 여기저기서 들려오는구나. 커피 두 잔

정도의 값이면 시집 한 권을 살 수 있는데, 그 값진 비용을 기꺼이 치르려 하는 사람들이 줄어들고 있다고도 한다. 시집 한 권은 스마트폰 하나의 무게보다 더 가볍단다. 스마트폰에는 미처 담기지 못할 아름다운 언어가 넘실대는 시집 한 권이, 너에게 깊은 위로와 큰 기쁨을 줄 수 있어.

가방 속에 시집을 한 권씩 넣어 다니면 어떨까? 버스를 기다리는 시간에 펼쳐들고 아무 시나 하나 읽어보면 어떨까? 네 마음에 포개지는 시가 있거든 조용히 읊조려보면 얼마나 좋을까 싶다. 친구와 마주 앉아 함께 감응한 시가 있다면 느낌을 나눠도 좋겠다. 그 우정의 깊이는 상상 이상일 거야.

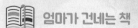

시를 어루만지다 / 김사인 /
2013, 도서출판b

김사인의 《시를 어루만지다》를 읽으면 시가 우리의 삶을 어루만져준다는 것을 알수 있다. 시는 읽는 사람의 마음에 와 닿으면 좋고, 읽어서 누군가가 그리워지면 더 좋고, 읽어서 마음에 일렁임이 생기면 그게 전부야. 물론 처음에는 무엇을 읽어야 할지 난감하단다.

시를 처음 접할 때는 무슨 시를 읽어야 할지 도무지 감을 잡을 수가 없어. 실패를 각오하고 여러 시집을 읽는 방법도 있지만 눈 밝은 저자가 가려 뽑아 묶은 시선집이나 쉽게 쓴 시평론집을 읽는 방법이 좋아. 시평론집은 사실 쉽지 않으니, 엄마는 여러 시인의 좋은 시를 묶어 둔 책을 읽어보라 권하고 싶다. 《시를 어루만지다》는 저자가 까다로운 눈으로 고른 시 한 편 한 편에 저자의 감동을 써둔 책이야. 시는 시대로 읽어서 좋고 감상평은 또 감상평대로 읽을 수 있어 더 좋아. 마음에 들지 않으면 건너뛰며 읽기도 딱 좋지.

읽다가 마음에 쏙 들어오는 시인이 생긴다면 그 시인의 시집을 찾아 읽어보면 돼. 이렇게 한 편씩 읽어나가다 보면 시가 참 가깝게 느껴지게 된단다. 처음 친해지지가 어렵지 친해지고 나면 시만큼 든든한 안식처도 없단다.

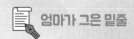

시를 제대로 읽어보려는 사람은 어떻든 시 앞에서 일단 겸허하고 공경스러워야 마땅하다고 생각된다. 그래야 내 마음의 문이 열리고, 마음이 열려야 한 편의 시가 들려주는 이야기와 목소리와 빛깔과 냄새들이 나에게 와 닿을 수 있기 때문이다.

'이 하루도'는, '오늘 하루도'나 '오늘도'와 같지 않다. 모래를 씹듯 꾸역꾸역 나날을 넘기는 이의 쓰디씀과 고독함이 어려 있는 발화. 그 쓰디씀에 대비되어 이어지는 '함께 지냄'이 더 눈물겨운 것이다.

이런 기막힌 장면을 별것 아닌 듯 툭 던져놓고, 일체의 해설적 군더더기를 생략할 수 있는 지점에 시인의 보이지 않는 힘이 있다.

활자로 돋을새겨진 말만이 아니라 말들 곁의 어둑한 그늘과 침묵이며 묵묵히 눈만 끔벅거리던 밤 같은 것들까지 다 묶묶의 말로 모셔서, 정성을 다해 조심스레 앉히고 있다.

태은 : 영화가 원작을 못 살렸네.
나 : 너 《덕혜옹주》 읽었어?
태은 : 그럼, 읽었지. 원작이 훨씬 좋아.
책에는 덕혜옹주의 내면이랑 일본에서 살면서 겪은 그 절망이
정말 절절하게 표현되어 있는데, 영화는 너무 사건 위주로 만들었네.
나 : 아무래도 영화가 책을 못 따라가지. 엄마도 읽어봐야겠네.

소설로
마음을 포개다

한때 소설을 쓴다고 끙끙대며 보낸 시간이 있었어. 게이의 아픈 사랑을 주제로 한 단편을 쓴 적도 있고, 미래에 대한 불안감에 휘청거리는 청춘을 주인공으로 내세운 단편도 하나 썼더랬지. 아, 재즈와 사랑에 빠진 여자의 아픈 심리를 묘사했던 단편도 썼구나. 물론 등단과는 전혀 상관없는 소설이었고, 혼자 뜨겁게 꿈꾸다 슬그머니 놓아버린 미완의 꿈이 되어버린 지 오래지만, 당시에는 꽤나 진지했단다.

요즘도 가끔 마음속에 형체를 알 수 없는 감정이 일렁일 때, 딱 꼬집어 정의 내리기 힘든 나만의 경험이 있을 때, 소설 속 주인공의 입을 빌어 말하고 싶은 욕망이 솟아날 때가 있어. 소설이란 말이야, 단 한 줄로 묘사할 수 없는 사람의 마음을 다룰 때 아주 유효한 수단이 되지 않겠나 싶단다. 이를테면 이런 것이지.

"야생꽃들 말야. 고놈들을 줌인으로 끌어당길 때는 내게 와락 안기는 것 같다고. 의미 없는 야생꽃의 무리에서 하나의 특별한 존재로 변하는 순간이랄까? 어디에 있어야 될지 모르겠다고 했니? 넌 아직까지 지천에 깔려있는 그런 무의미한 야생꽃이라서 그래. 수많은 자기 속의 자신이 한 방향으로 모아지지 않은 그런 상태……. 사방으로 달아나는 무수한 너를 네 스스로 감당하지 못하는 거라고."

이 낯간지러운 대사는 엄마가 쓴 소설 중 하나인 '시간이 지나는 자리'의 여자 주인공이 들은 말이야. 도무지 뭐가 뭔지 모르겠는 분열적인 방황의 시간을 지나고 있는 스물두엇의 여자 주인공에게 사진을 찍는 어른이 해주는 말인 거지.

소설을 쓰는 사람이든 소설을 읽는 사람이든, 소설을 통해 얻을 수 있는 것은 여러 겹으로 둘러싸여 있어 잘 알 수 없는 사람의 마음을 더듬어보는 것이 아닐까 싶다. 적어도 엄마가 소설을 쓰고 싶었던 이유이며 지금도 소설을 찾아 읽는 이유라고 말하고 싶구나. 사람의 마음을 가장 일상적인 언어로 들여다볼 수 있는 텍스트가 소설이니까.

사람의 마음을 읽어내는 일이 어렵지는 않니? 네 마음은 잘 읽어지고 잘 표현할 수 있니? "내 마음을 나도 모르겠어" 하면서 힘든 적은 없니?

사람의 마음은 아주 복잡하면서도 묘한 것이라 쉽게 손에 잡을 수가 없단다. 어느 작가의 말을 빌어 표현하자면 '사람에 대해 가장 잘한 이해는 오해일 뿐'이라는 거야. 내 마음을 상대가 그대로 알 리 없고, 나 역시 상대의 마음을 곡해 없이 이해할 리가 없단다. 사람의 마음은 그냥 만들어지지 않기 때문이야. 그가 놓여있는 시대적인 맥락과 사회적인 관계의 망, 사소한 경험의 지형들, 사람들과 관계를 맺고 있는 지점들…… 그 안에서 수없는 화학작용을 거쳐 탄생하는 것이 사람의 마음이거든. 그러니 사람의 마음 하나를 이해하기가 얼마나 어려운 작업이겠니? 생을 살아가면서 계속 더듬어 성장시켜 나가야 하는 중요한 일이 '사람의 마음'을 알아차리는 것이란다.

봄날에 지는 꽃을 보고 노인이 느끼는 슬픔과 스무 살 아이가 느끼는 슬픔은 다른 마음일 거야. 삶의 무상함을 느낄 수도 있겠고, 첫사랑의 아픈 이별을 떠올릴 수도 있겠지. 둘 다 슬픔이라 표현할 수 있겠지만, 그 슬픔에 담긴 질감과 온도는 아주 많이 다를 것이란다.

이런 미세한 차이를 읽어내는 것이 바로 공감 능력일 텐데, 아마도 지는 꽃을 바라보며 한숨짓곤 하시던 할머니를 곁에서 본 적이 있다면 쉽게 상상할 수 있을 테지?

안타깝게도 우리는 세상의 모든 경험을 할 수는 없어. 아프리카에 가서 굶주리는 아이를 직접 보지 않는 이상 기아에 대해 온전한 공감을 하기가 쉽지 않을 거야. 그런 점에서 소설은 직접 경험할 수 없는 무수한 타자들의 마음을 이해하게 해주는 가장 친절한 텍스트가 아닐까 해. 아프리카에 직접 가기는 어려워도 아프리카에 사는 누군가가 주인공인 소설은 읽을 수 있으니까. 또 소설은 사람의 마음을 살아 움직이는 날것으로 표현하는 텍스트이기에 딱딱한 이론서에서는 미처 알기 어려운 미세한 경험까지 알게 해준단다.

이런 예를 들 수도 있겠구나.

'우리나라 청소년의 자살률이 세계 1위라고 한다.'

딱딱한 한 줄의 기사에서 무엇을 느낄 수 있겠니? 하지만 젊은이들의 자살을 다룬 장강명의 《표백》이나 정도상의 《낙타》라는 작품을 읽으면 한 줄의 기사에서는 알 수 없는, 자살을 할 수밖에 없는 젊은이들의 마음을 절절하게 이해할 수 있게 된단다. 젊은 주인공이 왜 죽음을 택할 수밖에 없었는지, 그 마음이 아주 치밀하게 묘사되어 있거든. 읽는 사람에게 공명을 불러일으키기 충분한 지점들이 절절하게 표현되어 있지.

엄마가 소설을 즐겨 읽는 이유는 간명하단다. 쉽게 상상할 수 없는 사람의 마음을 알고 싶어서, 나와 동시대를 살고 있는 사람들은 도대체 어떤 마음의 짐을 짊어지고 사는지 알고 싶어서야.

사람의 마음을 잘 알고 공감해주는 것은 소통의 필수 요소란다. 공감 능력을 키우는 일은 그 어떤 스펙을 쌓는 일보다 중요하다는 것은 여러 번 말했던 것으로 안다. 그리고 공감 능력을 어떻게 키울 것인가에 대한 답변 중 하나가 소설을 읽는 것이라고 이 자리에서 말하고 싶구나. 사람은 딱 자기가 아는 만큼만 느낄 수 있는 법이기에 곁에 수많은 사람을 두고 소통하고 있지 않는 이상 천 개의 방향으로 흩어져 있는 사람의 마음을 다 이해하기는 아주 어려운 일이란다. 그럴 때 우리가 할 수 있는 일이 바로 소설 읽기라는 것을 기억해주렴.

소설 속 주인공이 무엇 때문에 아파하는지, 어떤 인생의 경로를 거치고 있는지 가까이 두고 지켜보는 일은 네 마음의 지평을 확장시켜주는 아주 좋은 일이 된다는 것을 알아주었으면 좋겠구나.

낙타 / 정도상 /
2010. 문학동네

《낙타》는 울면서 읽었던 소설이다. 열여섯 살의 나이에 '생을 리셋하련다'라는 문
자를 남기고 지하철에 뛰어든 아들 '규'. 그렇게 아들을 보낸 아비가 아들의 영혼
과 함께 몽골 초원과 고비 사막을 여행하면서 아들이 죽음을 선택하게 된 이유를
알아가게 된다는 게 소설의 중심 이야기야.

소설 속 아버지와 아들 규의 영혼이 몽골의 초원과 고비 사막을 손잡고 넘어가는
모습은, 읽는 것만으로도 눈물을 쏟게 했지. 규의 영혼이 들려주는 이야기는 요
즘 젊은 세대가 토해내는 절망을 알게 했고, 어쩌면 엄마로서 나도 너에게 상처
를 줄 수도 있었겠구나 반성하게 했어. 그리고 엄마의 허영과 과한 욕심을 아프
게 들여다봤어. 네가 말하지 않아도 짐작할 수는 있게 되었던 거야. 내가 사랑이
라는 이름으로 널 옥죌 수도 있다는 것을, 너도 어쩌면 아프고 상처 입은 규의 얼
굴을 하고 있을 수도 있다는 것을.

'지상의 모든 부모와 자식에게 그리고 상처받은 사람들에게 바칩니다'라는 작가
의 마음을 따라 엄마는 네 또래 아이들과 내 또래 부모들에게 이 책을 꼭 읽어
보기를 권한다.

생의 한 고비를 간신히 넘으면 또 만나게 되는 고비, 어쩌면 나는 그 고비를 건너가고 있는지도 몰랐다. 이 길의 끝엔 무엇이 있을까? 고비의 한복판에서 물었다……. 사람들은 너무나 쉽게 말한다. 타인 혹은 세상으로부터 상처를 받았다고. 냉정하게 돌이켜보면, 상처를 준 것은 언제나 '나'였다. 내가 준 상처 때문에 나는 언제나 아팠다.

행복이란 꿈의 성취에 있지 않다. 꿈을 이루고도 불행해진 사람이 또 얼마나 많은지. 지금 당장 몰려오는 추위를 이겨내기 위해 이렇게 서로 몸을 끌어안고 있는 것, 모닥불에 말똥을 더 얹고 불꽃이 활활 타오르는 것을 보는 것, 마음을 다해 서로 이야기하는 것에 행복이 깃들어 있지 않을까 싶다.

아비가 자식 앞에서 절대로 해서는 안 될 것이 있다면 그것은 절망의 표정을 짓는 것이었다. 설사 그것이 거짓이고 위선이라 해도 단단한 표정으로 어려움을 헤쳐 나가야만 했다.

단테의 《신곡》을 따라 여행하고 싶다. 다만 제13곡 겨울남 숲은 피하고 싶다. 생을 리셋하련다. 규의 유서였다. 짧았던 생만큼이나 짧은 유서를 읽는데 울컥 눈물이 솟구쳤다. 이를 악물고 간신히 막았다.
어디에도 없고, 어디에나 있는, 규였다.

태은 :   머리를 통째로 없애고 싶어. 생각이 너무 많아!
나 :   그럴 때는 노트에 글을 써봐. 정리가 좀 될 거야.
태은 :   아니야. 써봤는데, 쓸수록 더 복잡해져.
나 :   그래도 써봐. 생각나는 대로 마구.

글쓰기가 갖는
치유의 힘

조금 전에 과거로 시간 여행을 다녀왔단다. 20년 만에 엄마가 존경하고 믿고 따랐던 여성학과 교수님과 통화를 했지. 전화기 너머에서 들리는 선생님의 목소리는 그대로였는데, 우리 사이에 흘러가버린 20년의 시간은 조금 어색한 분위기를 만들기도 했어. 제자한테 존댓말을 쓰는 선생님이라니……. 아무리 제자래도 나이가 마흔줄에 있으니 엄마를 존중해주시고 싶었던 것이겠지. 그 배려가 조금 서글프기도 했지만 선생님과의 전화 통화 덕분에 즐거운 그 시절로 잠시 다녀오는 행운을 누렸단다.

20년 전 허름한 대학원 세미나실, 엄마는 화장하지 않은, 짧은 커트머리의 선머슴 같은 모습을 하고 선생님의 강의를 듣곤 했다. 엄마의 눈에는 늘 선생님에 대한 선망이 가득했지.

제일 좋아했던 선생님의 수업은 '여성적 글쓰기의 정치성'에 대한 것이었다. 여성적 글쓰기가 가지고 있는 정치성, 여성이 글을 쓰고 말을 한다는 것이 어떤 의미를 가지는지 말씀해주셨던 선생님의 입을 정말 사랑했다. 따뜻한 확신이 가득 차 있던 선생님의 눈빛을 존경했단다. 그 수업을 듣는 것만으로도 엄마는 여성이어서 가졌던 결핍감과 무력감과 상처들을 모조리 치유받는 느낌이었지. 아니 정확하게 말하면 치유할 수 있는 언어의 힘을 믿게 된 거다. 자크 라캉, 이리가레이, 줄리아 크리스테바……. 그들의 이론은 잊었지만 선생님의 입을 통해 전해 들었던 그들의 혁명적인 이론들이 주던 가슴 떨림은 지금도 선명해.

여성의 이름으로, 여성으로 겪은 나의 경험을 나의 목소리로 드러내는 일이 역사적으로도 사회적으로도 얼마나 중요한 일인지 그들은 말해주었지. 엄마는 그 말을 믿었고 그 말대로 글을 썼단다. 신기하게도 글을 쓰면서 내면의 상처를 치유할 수 있게 되었다. 길들여진 무력감의 옷을 벗을 수 있게 되었고, 내 삶을 긍정적으로 의미화할 수 있었지.

아마 그때부터였을 거야. 여성적 글쓰기의 힘을 믿게 된 것 말이다. 많은 여성들이 가부장제적인 사회에서 차별받고 소외받는 경험을 하니까 내면에는 어쩔 수 없는 상처와 결핍들이 무늬져 있거든. 그 상처와 결핍들은 기존의 지배적인 언어로는 읽어낼 수가 없어. 오로지 상처와 결핍의 한가운데서 아파 본 여성들만이 표현할 수 있는 것들이지.

표현하지 않고 의미화하지 않으면 사라져버리는, 무시되어버리는 경험들이기 때문에 드러내고 표현해야만 해. 그래야만 상처와 결핍이 치유된단다. 글쓰기가 가진 힘 중에 엄마가 믿는 가장 큰 힘은 바로 '치유'의 힘이란다. 글을 쓴다는 것은 내면의 아픔으로부터 도망가려고만 하는 자신을 붙들어 아픔에 직면하게 하는 일이야. '아프다'라고 쓰는 것에서 치유는 시작되는 것이고 글쓰는 과정을 통해서 완전한 치유에 가까워지는 것이다.

"19세부터 20대 중반까지 아니 지금까지도 그 여자를 고통스럽게 하는 그 이야기를 넣는데 그때 차라리 정신과 치료를 받았더라면 좋았을 것을 싶은 혼돈의 기억이 있다. 정신과 치료를 받았더라면 그 일을 극복하는데 그토록 오랜 시간이 걸리지는 않았을 것 같은 일. 누군가 의논할 만한 사람이 한 사람만이라도 곁에 있었더라면 인생을 그런 식으로 풀어나가지는 않았을 거라고 회한으로 가슴 치는 일이 있다."

– 김형경 《세월》 중에서

엄마의 논문 주제는 당연하게도 여성적 글쓰기에 대한 것이었다. 돌아봐도 논문을 쓰며 보낸 그 시간이 제일 행복했던 시간이구나. 김형경의 《세월》은 엄마가 여성적 글쓰기의 사례로 논문에서 다뤘던 텍스트다. 도서관에 나갈 기회가 있다면 꼭 챙겨서 읽어보면 좋겠다. 지금 읽어도 여전히 의미 있을 책이다.

《세월》의 주인공은 부모로부터 받은 유년 시절의 아픈 상처를 가지고 있었고, 폭력을 당한 경험으로 세상을 향해 마음의 문을 닫고 산 시간이 길었다. 성폭력을 당했지만 성폭력이라 인식하지 못하고 그저 순결을 빼앗긴 자신의 잘못이라 자책하며, 오랜 시간을 가해자와 더불어 살 수밖에 없었던 무력한 시간을 견딘 사람이기도 했다.

그랬던 주인공이 글쓰기를 통해 자신의 상처를 들여다보기 시작한 거지. 도망가지 않고 찬찬히 글로 쓰기 시작한 거야. 왜 아팠는지, 상처를 어떻게 다룰 것인지, 어떤 모습으로 다시 살고 싶은지에 대해 자신의 목소리로 말을 하기 시작해.

그 결과 《세월》의 주인공은 글을 쓰기 전의 모습과는 전혀 다른 존재로 거듭나게 되고 성장하게 된다. 순결을 잃은 존재, 상처를 안은 채 바들바들 떨던 여성에서 자기 경험을 자기 언어로 설명할 수 있는 힘을 가진 여성으로, 자기 삶의 주인으로 당당하게 서 있는 여성으로 변한 거지. 이게 바로 여성적 글쓰기가 보여주는 변화란다.

글쓰기에 재능을 가진 특별한 사람의 경험으로 치부하지 않았으면 한다. 글을 잘 쓰고 못 쓰고는 아무 상관이 없다. 그저 쓰는 것 자체가 의미 있는 일이다. 네 마음속을 잘 들여다보렴.

너를 괴롭히는 아픈 기억, 상처들이 있을 거야. 그걸 너의 언어로 표현해보는 것부터 시작하는 거야. 일단 쓰는 거다. 아프면 아프다고 꼭꼭 눌러

쓰기 시작하는 거다.

거기에서 치유가 시작됨을 믿었으면 한다. 글쓰기가 가지고 있는 치유의
힘을 믿고 거기에 마음과 시간을 내주길 바란다. 지금 모습과는 다른 모
습으로 성장하고 싶다면 지금 네 자리에 고요하게 앉아 네 내면을 들여다
보는 것으로 시작하거라. 준비가 되었다면 첫 문장을 쓰는 용감함도 함께
발휘했으면 한다.

치유하는 글쓰기 / 박미라 /
2006, 한겨레출판

대학원 논문을 여성적 글쓰기로 정한 뒤 자료 조사를 많이 했는데, 여성적 글쓰
기에 관한 책은 대부분 외국 서적이었어. 우리의 정서와는 조금 거리가 있는 외
국 사례들을 재료로 한 책들이라 많이 아쉬웠는데, 《치유하는 글쓰기》의 저자도
엄마와 같은 아쉬움을 가지고 있었나 봐. 2006년에 《치유하는 글쓰기》라는 책
으로 여성적 글쓰기가 갖는 변혁성과 치유력을 잘 정리했어.

저자는 실제로 여성적 글쓰기 프로그램을 운영하기도 했는데, 이론적인 맥락을
정리하는 데 그치지 않고 여성들이 실제 생활 안에서 어떻게 글쓰기를 할 것인지,
어떤 전략으로 자신의 경험과 삶을 재료 삼아 글을 쓸 수 있는지 아주 구체적인
방법까지 제시해주고 있단다. 천천히 읽으면서 저자가 내주는 숙제를 조금씩 해
나가다 보면 네 지난 경험들이 줄줄이 꺼내질 거야. 잘 다듬고 어루만져주다 보면
네 삶에 의미가 부여되고 아팠던 상처 위에 살이 오르고 있음을 보게 될 거란다.
특히 '셀프 인터뷰를 하는 것'과 '자주 꾸는 꿈을 기록하는 방법'은 지금이라
도 당장 써먹을 수 있는 거야. 이 책은 일기장과 함께 나란히 두고 잘 활용했으
면 해. 엄마가 아직까지 실천하지 못하는 일이 매일 새벽에 일어나 글을 쓰는 건

데, 이 책과 같이 해봐야지 하는 마음이 생긴다.

치유하는 글쓰기는 이처럼 그 어떤 글이라도 치유의 도구가 될 수 있음을 이야기한다. 길고 짧음에 상관없이, 문학적 수준의 높고 낮음이나 지적인 정보의 많고 적음에 상관없이 어떤 식으로든 나름의 가치를 가지고 있으며 그 가치에는 등급도 없다.

글쓰기 치유를 고민하면서부터 나는, 일류와 삼류는 바로 필자와 독자가 글을 통해서 얼마나 자신을 성찰하는가에 따라 구분되는 거라고 믿게 됐다. 글을 쓴 뒤 그는 얼마나 위로받거나 변화했는가, 글을 읽은 사람들은 자신의 내면에서 무엇을 발견했는가.

무력한 어린아이가 생명을 위협하는 온갖 어려움 속에서도 자신의 생명력을 온전히 지켜냈을 때 그렇다. 그럴 때는 자신에게 이렇게 말해줘야 한다. "아, 영광의 생존자, 너를 칭찬해주고 싶다." 그리고 지난 시간 오래 걷고 서성이느라 지친 자신의 삶에 이런 말도 해주자. "오래 서성인 너, 이제 짐을 내려놓고 편히 쉬기를."
다양한 언어는 약자의 생존 전략이다.

태은 : 엄마, 책은 정말 어마어마한 힘을 가진 것 같아.

나 : 《도가니》 읽더니, 생각이 많아졌구나. 맞아, 책이 가진 힘은 그렇게 세.

태은 : 공지영 작가가 진짜 큰 역할을 했어, 그치?
       《도가니》도 그렇지만 《우리들의 행복한 시간》 읽었을 때도
       사형제도에 대해서 새롭게 생각하게 됐거든.

나 : 그러니까 말이야. 잘 쓴 글 하나가 정말 많은 생각을 하게 한다니까.
     누군가가 글로 쓰지 않았다면 몰랐을 문제들을 드러나게 하잖니?

자기 경험의 저자가
되는 첫걸음

"이 작품은 1975년 작이다. 세로 읽기 책. 책값은 천 원. 문학을 전공한 엄마의 유품이다."

— 정희진 《정희진처럼 읽기》 중에서

이 문장을 앞에 두고 한참을 서성였다. 가슴이 덜컥 내려앉고 누군가와 마음이 딱 통했을 때 느껴지는 쾌감에 심장이 두근거렸다. 내가 밑줄 그어 놓은 무엇, 손때 묻어 오래된 책을 미래의 내 아이가 엄마의 유품으로 읽게 되었을 때를 상상하니까 눈물이 왈칵 솟는다.

아이가 어떤 마음으로 그것을 읽을지, 제 엄마와 나누지 못했던 대화를 그 밑줄 하나로 나눌 수 있게 될지, 예전에 이해 못했던 엄마의 삶이 스르륵 이해되어버리는 순간을 맞이하게 될지, 그걸 더듬어보려니 가슴이 뜨거워졌다.

2015년 7월 3일의 다이어리 한 면에 적혀 있는 메모를 옮겨오는 것으로 말머리를 열어본다. 지금 네게 이 편지들을 왜 쓰고 있는지 설명해주는 의미 있는 메모라는 것을 바로 눈치 챘을 거다. 다이어리에 적어두는 단상들, 옮겨 적는 문구들, 낙서들은 그저 그 자리에 멈춰 있지 않고 언젠가는 이렇게 글로 통통하게 살이 붙게 된단다.

글쓰기가 어떤 의미를 갖는 건지 알게 되고, 글을 쓰리라 마음까지 먹어도 어디서부터 시작해야 할지 막막할 거야.

전문가들은 "많이 읽고 많이 생각하고 많이 써봐야만 글을 잘 쓸 수 있다"고 말해. 보탤 것도 뺄 것도 없이 딱 맞는 말이다. 지름길이나 비법은 따로 없어.

글을 잘 쓰려면 많이 읽어야 하고, 읽은 것들을 자신의 입장에서 두루두루 생각해서 자기만의 것으로 의미 있게 소화해야 하고, 그 의미들을 글로 많이 써봐야 한다. 품이 많이 들어가는 일이기에 긴 호흡을 가지고 해야 해. 글 쓰는 재능을 가진 사람만 글을 쓸 수 있는 게 아니라 시간과 정성만 들일 수 있다면 누구라도 쓸 수 있다고 믿는 게 중요하다.

글쓰기를 시작하려고 마음을 먹었다면 제일 먼저 예쁜 노트 한 권을 준비하라고 말해주고 싶다. SNS를 통해 내보이는 글과는 다른, 너 혼자만 볼 수 있는 글을 쓰기 위한 노트 말이야. 이 노트는 훗날 네가 글을 쓰려 할 때 중요한 영감을 줄 거야.

처음부터 노트에 거창한 무엇을 쓰려고 하지 마라. 그저 낙서를 하는 거야. 너를 화나게 한 일, 네가 짝사랑하는 누군가에 대한 감정 같은 것들을 떠오르는 대로 그냥 뱉어두렴. 먹고 싶은 걸 적어두어도 좋고, 신문이나 인터넷 기사를 읽다가 기억에 남는 문장을 옮겨둬도 좋아. 길 가다가 본 어떤 여학생의 옷차림에 대해 기록해도 좋고, 지금 듣고 있는 노래가사를 받아써도 좋아. 엄마는 지금 김광석이 부르는 '기다려 줘'를 듣고 있는데 가사가 하도 사무쳐서 노트에 끄적끄적 적어보았다.

이렇게 그냥 무엇이 되었든 매일 조금씩 채워가는 거다. 지금 읽고 있는 책에서 특별히 마음을 흔들거나 공감이 되는 구절이 있으면 줄만 그어두지 말고 노트에 한 자 한 자 눌러 써두는 것을 매일 한다면, 아주 훌륭한 문장쓰기 연습이 된단다. 나중에 너만의 문장을 쓸 때 이 연습이 큰 바탕이 되어주리라 자신 있게 말할 수 있다.

책을 읽으면 읽을수록 노트에 옮겨 적고 싶은 것들이 점점 많아질 거야. 그런 시간이 오면 기쁜 마음으로 더 부지런히 읽고 옮겨 적어두렴.

엄마는 석사 학위 논문 쓸 때, 네 아빠와 연애편지를 주고받을 때 정말 옮겨두고 싶은 것들이 많았다. 꼭 써야 하고 쓰고 싶은 마음이 간절해지니까 더 열심히 읽게 되더구나. 목적을 가지고 읽으면 옮겨두고 싶은 문장이 더 많아진단다. 네게도 그런 필요가 생기는 날이 곧 올 테니, 노트와 친하게 지냈으면 좋겠구나.

이렇게 노트가 한 권씩 늘어나면 그걸 보는 재미도 아주 쏠쏠하다. 가끔 다 쓴 노트를 열어서 읽어보면 지난 시간 네가 어떤 것에 관심이 있었는지, 어떤 책에 감응했는지 알 수 있겠지. 그냥 흘려보냈으면 의미 없었을 네 시간들이 노트에 고스란히 담겨 있을 테니 얼마나 흐뭇하겠니?

노트에 이것저것 끄적거리는 것들이 늘어나는 만큼 네 마음속에서는 글쓰기에 대한 욕망이 점점 자라날 거다. 그 싹을 보면 잘 키우고 싶게 되고, 조금씩 키워가다 보면 남에게 보여주고 싶은 글을 쓰고 싶다는 열망의 꽃도 피게 된다. 그 마음은 다시 널 추동시킬 거야. 더 좋은 책을 읽도록 등을 밀어주고, 좋은 문장을 가릴 수 있는 눈을 키워주게 된단다.

태은아, 지금은 그저 노트 한 권을 준비해두렴. 처음부터 완성된 글을 생각하면 지레 지치고 만다. 엄마가 일러준 대로 조금씩 끄적거리고, 정성 들여서 좋은 문장 옮겨 쓰고, 네 마음속에서 이리저리 부유하는 것들을 잡아두기만 하렴. 지금은 그것만 하면 된다.

글쓰기의 최전선 / 은유 /
2015, 메멘토

글쓰기를 어떻게 할 것인가를 다룬 책을 여러 권 읽었는데, 어느 하나 만족스러운 적이 없었어. 적어도 글쓰기를 다룬 책의 저자라면, 그의 글은 충분히 매력적이어야 하는데 그렇지 못했거든. '자기도 잘 못 쓰는 글쓰기를 가르쳐주는 책이라니!' 하는 꼬인 마음이 자꾸 올라오곤 했어. 하지만 《글쓰기의 최전선》은 너희들 식의 표현처럼 '엄지척' 해주고 싶을 만큼 글쓰기에 관한 최고의 책이야.

글에는 인격이 드러나고, 저자가 얼마나 좋은 삶을 살고 있는지가 솔직하게 드러나게 되지. 《글쓰기의 최전선》을 읽어보면 저자가 반듯한 삶의 자리를 가지고 있음을 알게 돼. 그래서 더욱 믿음이 가는 단단한 책이다.

글쓰기에서 '문장을 어떻게 쓸 것인지' 혹은 '어떻게 표현할 것인지'보다 더욱 중요한 것은 '무엇을 쓸 것인지'라고 생각해. 아무리 유려한 표현을 쓸 수 있다 한들 쓰고자 하는 내용이 빈약하다면 의미가 없어지거든.

《글쓰기의 최전선》에는 자기만의 관점과 따뜻한 시선을 가지고 자기 삶을 둘러싼 사회와 사람, 일상을 언어화시켜 내는 다양한 방법들이 친절하게 담겨있어. 찬찬히 읽어가다 보면 글쓰기의 힘이 어떤 것인지 알게 되고, 글쓰기를 하고 싶다는 욕망이 저절로 차오를 거야. 또 책 곳곳에 저자에게 영향을 미친 좋은 책들에 대한 소개도 나오는데, 엄마는 그 소개를 따라 한 권씩 찾아 읽어 나갔단다.

 엄마가 그은 밑줄

다만 내가 나를 설명할 말들을 찾고 싶었다. 나를 이해할 언어를 갖고 싶었다. 뒤척임으로 썼다. 쓸 때라야 나로 살 수 있었다. 산다는 것은 언어를 갖는 일이며 '언어는 존재의 집'이라는 하이데거의 말을 기억했다.

밤이고 낮이고 온 국토를 삽질하는 게 '발전'은 아니듯 자신을 속이는 글, 본성을 억압하는 글, 약한 것을 무시하는 글, 진실한 가치를 낳지 못하는 글은 열심히 쓸수록 위험하다. 우리 삶이 불안정해지고 세상이 더 큰 불행으로 나아갈 때 글쓰기는 자꾸만 달아나는 나의 삶에 말 걸고, 사물의 참모습을 붙잡고, 살아있는 것들을 살게 하고 인간의 사유하는 수단이어야 한다고 나는 믿는다.

이 모든 게 사는 일에 휘청거릴 때마다, 그러니까 거의 모든 순간 읽고 쓰고 생각하며 일어난 변화다. 동료들과 삶을 말로 풀어내고 말을 글로 엮어보고 글로 삶을 궁구하며 생겨난 삶의 마법이다. 딱 이만큼이다. 생의 모든 계기가 그렇듯이 사실 글을 쓴다고 크게 달라지는 것은 없다. 그런데 전부 달라진다. 삶이 더 나빠지지는 않고 있다는 느낌에 빠지며 더 나빠져도 위엄을 잃지 않을 수 있게 되고 매

순간 마주하는 존재에 감응하려 애쓰는 '삶의 옹호자'가 된다는 면에서 그렇다.

나는 이것을 역지사지의 신체 변용이라고 생각한다. 타인의 삶의 자리에 자기 몸을 들여놓아보는 상상적 행위가 이루어지는 것 말이다. 나이가 들수록 작은 관점 하나 바꾸기도 얼마나 어려운가. 관성적 사고와 법칙에서 벗어나 자기 갱신을 촉구하는 어떤 강력한 긴장이 합평시간에 자연스레 조성된다.

태은 : 졸려서 6층 자료실에 내려갔었는데, 엄마 책이 꽂혀 있더라.
       기분이 묘했어.
나 :   엄마도 나름 작가거든. 시험공부는 안 하고 또 책만 실컷 읽었겠구먼.
태은 : 그러고 싶었어.
나 :   불쌍한 고딩.

열여섯 번째 편지

도서관이라는
공간에
가야 하는 이유

일요일 낮이다. 지루하다. 이럴 때 설렁설렁 걸어서 집 근처에 있는 작은 도서관으로 가는 걸 좋아해. 서가를 천천히 산책하면서 읽을 만한 책을 뽑아서 창가 자리에 앉으면 무료함은 사라지고 책 읽는 즐거움에 시간이 그냥 흘러가지.

엄마가 제일 좋아하는 공간은 도서관이야. 넓은 창이 있는 곳이면 더 좋고, 신간이 서운하지 않게 꽂혀있는 곳이면 최상의 공간이 된단다. 시간을 일부러라도 만들어 자주 가 있고 싶은 곳이 바로 도서관이야.

요즘 책 읽는 사람이 줄어든다고 걱정하는 말들이 많이 들려오지만, 그래도 다행이다 싶은 것은 마을마다 작은 도서관이 만들어지고 있다는 거야. 더 작은 마을에까지 다양한 콘셉트의 도서관이 생겼으면 한다. 굳이 책을 읽지 않더라도 도서관에서 우리는 다른 사람들과의 우연한 어울림, 자기 자신을 들여다보는 반가운 시간을 만날 수 있거든.

사람이 어느 공간에 자주 가 있느냐는 그 사람이 무엇을 지향하는 사람인지를 보여주는 지표가 되기도 해. 소비의 공간에 자주 있는지, 사유의 공간에 자주 있는지에 따라 지향하는 삶의 목표를 다르게 세워 갈 수 있기 때문이지.

엄마가 행복하게 기억하는 시간과 공간이 있단다. 대학원 마지막 학기를 보내고 논문을 써야 할 때였어. 학교가 있는 지역에서 논문을 쓰려면 생활비가 필요했고, 생활비를 벌려면 아르바이트를 해야 했지. 아르바이트를 하다 보면 아무래도 책 읽고 논문 쓰는 일에 집중하기가 어렵겠다 싶었어.

논문을 정말 잘 쓰고 싶은데 일을 하지 않고 논문 쓰기에만 몰두하려면 방법은 단 하나였어. 엄마가 있는 집으로 내려가는 것. '밥은 굶기지 않으시겠지. 시골이니까 돈 쓸 일도 없겠지. 딱 두 달만 엄마한테 신세지면서 도서관에서 지내자.' 이게 당시 엄마가 내린 결정이었단다. 또 이 시기는 엄마가 진로를 결정해야 하는 전환의 시기이기도 했어. 대학원 졸업 후에 무엇을 할 것인지, 어디에서 살 것인지 고민할 시간이 필요했거든.

느리게 나 자신과 대화할 수 있는 시간과 공간이 절실했던 때였기 때문에 이것저것 재지 않고 문경으로 내려갈 결심을 했던 것 같아. 결과적으로 그곳에서 보낸 반년은 지금도 가장 행복한 시간으로 기억이 되는구나. 언제든 시간을 뭉텅이로 낼 수 있는 때가 온다면 문경으로 갈 거야. 그때처럼 매일 도서관에서 시간을 보내고 싶어.

그 시절 아침마다 경쾌한 도마질 소리와 된장국 냄새에 눈을 떴고, 엄마가 차려주는 정갈한 밥상을 받았다. 봉당은 부지런한 엄마 손길에 이미 물청소가 되어 있어서 그렇게 깨끗할 수가 없었고, 나무 마루는 반질반질 걸레질이 되어 있었지.

아침이면 가방을 둘러메고 집을 나섰다. 목적지는 동네 도서관. 걸어서 10분 거리에 있는 도서관에 도착하면 자리를 잡아 가방을 던져두고 자판기 커피부터 한 잔 뽑아 마시곤 했지. 커피를 다 마실 때쯤이면 이마에 번들거리던 땀이 다 말라 있었는데, 그때부터 엄마는 책장 사이사이를 어슬렁거리기 시작하는 거야.

천천히 거닐면서 읽고 싶은 책, 매혹적인 책을 일단 뽑아. 혼자 들기가 무거울 정도가 되면 창가 자리로 돌아가 노트와 함께 한 권씩 펴서 읽는 거지.

도서관 책이니까 줄을 그을 수는 없으니 마음에 드는 구절, 논문에 인용

할 만한 구절이 있으면 노트에 적었어. 읽다가 지치면 창밖을 멍 때리며 하염없이 보기도 했고, 침 흘리면서 엎드려 잠을 자기도 했다. 그렇게 도서관에서 한 시절을 보내면서 읽은 책도 많았지만 무엇보다 좋았던 것은 나 자신에 대한 믿음을 회복한 것이었어.

남들 다 취업하는 나이에 백수처럼 지내다 보면 아무리 강심장이라도 불안하지 않을 수 없거든. 그 당시 엄마 나이 스물다섯, 그 나이 되도록 경제적인 활동은 한 적이 없었고 부모님이 주시는 용돈만 따박따박 축내고 있었어. 대학원 다닐 때는 공부한다는 핑계라도 있었지만 대학원을 졸업하면 더 이상 댈 핑계도 없게 되는 거야.

남들처럼 살지 못할 때, 주변 사람들에게 눈치 보이고 괜히 주눅 드는 거 있잖니? 엄마에겐 그때가 딱 그런 때였는데, 문경의 작은 도서관에서 책 읽고 사색하며 지내면서 큰 힘을 얻었단다. 그 누구도 보장된 미래에 대한 언질을 주지 않았지만, 나는 그 시간들 안에서 당당해진 거야. 뭐랄까, 책을 읽으면서 마음이 단단해져 가는 것을 날마다 보게 되니까 그냥 믿어지는 거야. 일류대 나온 사람도 부럽지 않은 배짱도 생기고 말이야. 당장 근사한 곳에 취업을 하지는 못해도 내 의지대로 내 삶을 이끌어갈 수 있겠구나 하는 낙관이 마음에 탁 새겨졌단다. 도서관에서 보낸 시간이 그렇게 만들어준 거야.

도서관에서 보낸 몇 개월의 시간을 이력서에 기록할 수는 없겠지만 적어도 엄마의 삶의 이력을 말할 때 빼놓을 수 없는 중요한 순간이고 전환점이었어.

지금도 엄마는 휴일이나 시간이 뭉텅이로 생기는 방학에는 도서관에 간단다. 새로운 도전을 받아 마음이 혼란스럽고 자신이 없을 때도 도서관 책상에 앉아 빈 노트를 내려다보고 있으면 어느새 그 노트를 채워가고 있는 나를 발견하지. 그러다 보면 새로운 도전에 용감하게 응대할 수 있게 돼. 자책감에 빠지거나 열등감에 시달릴 때도 도서관을 찾아.

이유가 있건 없건 마음속에 아픔이나 상처가 깃들 때가 있지? 엄마에게는 자주 찾아오는 일인데, 그럴 때마다 도서관 서가를 더듬고 다닌다. 그러면 신기하게도 엄마에게 필요한 책이 딱 눈에 띄는 거야. 책의 제목이 엄마의 마음속 불편함을 알아차리곤 노크를 하는 거지. "너 지금 이 책이 필요하구나. 읽으면 도움이 될 거야" 이렇게 말이야.

어제와는 다르게 살고 싶다는 열망이 생길 때도 있어. 이제까지 살아온 모습이 괜히 싫어져서 달라지고 싶을 때가 있잖니? 엄마는 자주 그러는데 말이야, 그럴 때도 도서관이라는 멋진 공간에 들어가 있게 돼. 나 자신을 조용히 들여다보고 대화를 나누기 딱 좋은 장소지. 내 자리 주변에서 고요하게 앉아 책을 읽고 있는 아름다운 사람들의 모습은 나를 비추는 좋은 거울이 되어주기도 해. 그 거울을 통해 나를 비춰보고 어떻게 달라지고 싶은지 성찰하는 시간을 갖는 거지.

여담인데, 도서관에서 꼭 해보고 싶었지만 아직까지 못해본 일이 하나 있어. 조금 웃길지 모르지만 애인이랑 도서관에서 함께 책 읽기. 나란히 앉아 책을 읽는 연인의 모습, 상상만 해도 흐뭇해지지 않니? 너에게는 기회가 많을 테니 엄마가 못해본 이 아쉬운 일을 너는 해보았으면 한다.

도서관 / 사라 스튜어트 글·데이비드 스몰 그림, 지혜연 역 / 1998, 시공주니어

네가 어렸을 때 엄마가 읽어줬던 이 그림책을 기억하고 있는지 궁금하다. 도서관의 의미에 대해 가장 명쾌하게 보여주는 책으로, 이 그림책을 대신할 만한 건 없지.

엘리자베스 브라운의 자전적인 이야기를 담백한 그림과 글로 풀어낸 책이다. 수줍음을 너무 많이 타서 집에 손님이 오면 다락방에 숨어 책을 읽던 소녀, 책읽기를 너무 사랑해서 언제 어디에 있건 온통 책 읽을 궁리뿐인 소녀, 책을 펴 들고 있는 순간의 얼굴이 가장 빛나는 소녀, 비오는 날 우산 속에서도 책을 읽는 소녀의 이야기가 담겨있지. 좋아하는 책은 무조건 모으고 읽던 소녀가 어른이 되니까 그동안 책을 읽었던 시간만큼의 엄청난 책이 집안 곳곳에 쌓이게 돼. 그리고 더 이상 책을 둘 곳이 없어서 쩔쩔매다가 아예 책이 가득 찬 집을 통째로 도서관에 기증을 해버리는 명랑한 일을 저지르게 된단다. 신나겠지?

책을 좋아하는 사람이라면 가질 법한 로망이 있지. 도서관을 짓는 일. 게다가 자기 이름을 딴 도서관이라면 더욱 기가 막히겠지? 엘리자베스 브라운은 그 로망을 현실로 만들고, 평생을 책과 함께해.

사라 스튜어트의 그림책 《도서관》을 읽다 보면 도서관이라는 공간이 주는 아늑함에 이끌려 자꾸 들어가고 싶어져. 도서관이라는 진짜 공간에 가지 못하는 시간에 도서관이 그리워진다면, 이 그림책을 읽는 것만으로도 충분할 거야.

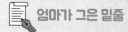 엄마가 그은 밑줄

책은 현관 기둥을 따라 높이 쌓이다가 마침내 커다란 현관문까지 막아버렸어요. 엘리자베스 브라운은 책을 단 한 권도 더 사들일 수 없는 가슴 아픈 사실을 현실로 받아들여야만 했어요. 엘리자베스 브라운은 그날 오후에 당장 시내로 걸어 나갔어요. 엘리자베스 브라운은 행복한 마음에 휘파람을 불며 시내로 걸어 나갔어요.

엘리자베스 브라운은 자전거도 필요 없고, 비단 리본도 필요 없었어요. 곧장 법원으로 걸어가서는 이렇게 말했어요. "저거 하나 가져가도 될까요?" 기부 절차에 필요한 서류 양식이었어요. 엘리자베스 브라운은 거침없이 써 내려갔어요. "나, 엘리자베스 브라운은 전 재산을 이 마을에 헌납합니다."

나 :   오늘 대학교에 강의 갔었거든. 근데 좀 슬펐다.

태은 :   무슨 일 있었어?

나 :   신입생 오티였는데, 신입생 아이들이 벌써부터 취업 준비를 위해
        최선을 다하겠대.

태은 :   헐, 대학 들어가면 실컷 놀아야 되는데……. 나는 그날만 손꼽아 기다리는데.

나 :   그치? 1학년 때는 놀아도 된다고 얘긴 했는데, 알아 들었으려나?

새로운 시작 앞에
선 너에게

어느덧 끝과 시작이 공존하는 2월이구나.

어느 시점에서의 끝은 다른 시작으로 이어진다. 끝이 주는 아쉬움과 서운함은 곧 지나가지. 늘 그렇듯 시작에는 싱그러움이 있고 설렘이 가득 묻어있는 법이란다. 큰 시작 앞에 설레며 서 있을 너에게 노란 프리지아 꽃을 한 다발 안겨주며 축복해주고 싶다. 부럽구나.

대학에서는 오리엔테이션이 한창이다. 요즘 엄마는 대학 오리엔테이션에서 강의를 한 꼭지씩 맡아 하고 있단다. 1,000명을 한자리에 모아놓아도, 네 또래 아이들의 초롱초롱한 눈동자가 얼마나 선명한지, 눈이 다 부실 정도란다. 우리 딸도 저런 눈빛으로 누군가를 보고 있을 거라 생각하니까 마음이 뭉클해지더라.

젊은 친구들의 마음속에 가득할 기대감과 설렘이 먼 무대 위에 서 있는 내게도 다 전해지더구나. 갓 스물의 아이들이 뿜어내는 건강한 에너지가 내 마음까지 일렁이게 했단다. 그 에너지에 힘이 막 넘쳐서 오늘은 수다한 말을 좀 전하고 싶다.

어련히 잘 하겠지 하는 믿음 크지만 무슨 말이든 전해주고 싶은 것이 엄마의 마음이니 들어주면 좋겠어. 너희들이 걸어가는 길에 있는 조그만 돌멩이 하나라도 치워주고 싶은 마음이라고 해두자.

이제 대학의 문을 열고, 새로운 가능성 앞에 서 있는 새내기들에게 세 가지 정도의 일은 꼭 나서서 경험해보라고 이야기하고 싶어.

　가장 먼저 전하고 싶은 말은 이제는 "네 멋대로 살아라" 하는 것이다. 이제까지 부모님 말씀 착실하게 듣고, 선생님 말씀 어기지 않고 사느라 수고 많았어. 어른이 시키는 대로만 하면 된다는 말을 믿고 여기까지 왔겠지만, 사실 어른 말 들어서 잘 되는 경우는 별로 없더구나.

　안전한 것은 아무것도 없다. 이제는 네가 원하는 대로, 너의 멋이 이끄는 대로, 네 마음이 시키는 대로 살았으면 좋겠다. 너희들 안에는 엄청난 가능성이 있는데 그걸 알아보는 가장 쉬운 방법은 네 마음이 시키는 대로 움직여보는 거란다.

　어른들 말씀, 일단 의심하고 보는 거야. 과연 그럴까? 정말 그럴까? 회의를 품어보렴. 네 멋대로 살 때 가장 너다운 모습을 가지게 된다는 것을 기억하고.

　네 마음이 시키는 대로 살다 보면 어쩔 수 없는 자기 검열에 빠질 때가 많을 거야. 당연한 일이지. 20년 동안 어른들이 만든 규율 안에서 지내왔으니까. 네가 원하는 대로 하다가도 자꾸 브레이크가 걸릴 거야. '이래도 되는 걸까?' 하는 죄책감이 생길 수도 있어. 괜찮아. 다 괜찮아. 어른들의 시선 신경 쓰지 말고, 주변 사람들의 평가에도 연연하지 말고, 무엇이 되었든 모두 다 해보렴.

　이제까지는 네가 무슨 일이든 할라치면 어른들이 간섭을 했을 거야. 쓸데없는 짓 하지 말고 공부나 하라고 했을 테지. 이제부터는 어른들이 말하는 '쓸데없는 짓' '뻘짓'들을 종류별로 다 해보는 거야. 문득 밤바다가 보고 싶다면 훌쩍 떠나보고, 밤새워 술도 마셔보고, 밤거리에서 소리도 질러보럼. 가끔은 영화관 구석에 앉아서 울어도 보고, 시장을 하염없이 돌아다녀도 보는 거야. 학교를 쉬고 여행을 떠나도 좋아. 이런 뻘짓들이 사실은 네 삶에 굉장히 중요한 조각들이 되어주고, 너만의 이야기를 만들어줄 거야. 부디 수많은 뻘짓을 기꺼이 즐겨보길 바란다.

마지막 제일 중요한 한 가지, 연애를 '찐하게' 해보라는 말을 전하고 싶구나. 사랑이라는 것은 너를 머리부터 발끝까지 변하게 해주는 묘약 같은 거란다. 보살핌만 받아온 삶이었으니, 이제는 너의 것을 내어주면서 온전하게 사랑하는 일을 해보는 거야. 쉽지 않겠지. 네가 아닌 다른 사람을 이해하고 받아들이는 과정들은 아픔이 따르는 일이기도 하니까 말이야. 아픔이 있을지언정 뜨겁게 사랑한 자는 반드시 성숙하게 되어 있단다.

누군가를 사랑하는 일은 네 자신의 껍질을 깨는 일이기도 하거든. 다른 네가 되기 위해서는 지금껏 단단하게 너를 감싸고 있던 껍질을 깨야 해. 깨는 방법은 다양하겠지만, 겪어보니 누군가를 뜨겁게 사랑하는 일이 그중에 가장 좋은 방법이더구나.

새로운 시작 앞에서 행복해 하고 있을 아이야. 이제 넌 네 삶의 운전대를 마주하고 있는 거란다. 어디를 가든 네가 원하는 곳으로 갈 수 있다는 뜻이야. 굉장한 일이지. 부디 네가 잡고 있는 운전대를 남에게 맡기지 않았으면 좋겠구나.

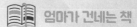

새벽의 약속 / 로맹 가리, 심민화 역 /
2007, 문학과 지성사

《새벽의 약속》이라니, 참 시적인 제목이지 않니? 작가가 될 것이라는 어머니의
흔들리지 않는 믿음에 따라 정말 작가가 된 로맹 가리의 자전적 이야기야. 그러
니까 '새벽의 약속'은 어머니와의 약속이자 자기 미래와의 약속이기도 한 거지.
《새벽의 약속》은 '로맹 가리'가 아니라 '에밀 아자르'라는 필명으로 발표한 작품인
데, 그는 '에밀 아자르'라는 이름으로 발표한 《자기 앞의 생》 덕분에 '로맹 가리'라
는 이름으로 수상했던 공쿠르 상을 다시 수상하기도 했지. 1980년 12월에 권총
자살로 생을 마감했는데, 훗날 그의 유고작인 《에밀 아자르의 삶과 죽음》이 발표
되면서 로맹 가리와 에밀 아자르가 동일인물이라는 사실이 밝혀졌단다.

새로운 출발 앞에 선 너에게 《새벽의 약속》을 권하는 이유는, 오로지 작가의 어
머니가 로맹 가리에게 보내는 무조건적인 믿음과 신뢰를 네게 보여주고 싶기 때
문이다. 로맹 가리가 전쟁이 치러지고 있는 그 어려운 시기에도 자기 운명을 신뢰
하면서 현실을 이겨 나갔듯이 너 또한 네 뒷배에 누군가의 신뢰와 믿음이 있다는
것을 알았으면 좋겠다는 마음이 크다.

《새벽의 약속》은 그런 믿음을 새길 수 있는 좋은 텍스트일 거다. 책을 읽는 동안 끊이지 않는 유쾌함은 덤으로 주는 읽기의 즐거움이란다. 어린 로맹 가리가 겪어 내는 즐거운 에피소드를 읽는 재미가 쏠쏠할 거야.

 엄마가 그은 밑줄

"내가 한 말을 명심해두어라. 지금부터 너는 나를 위해 싸워야 한다. 저들이 주먹으로 너를 어떻게 하건 나한텐 상관없어. 내 마음을 아프게 하는 것은 그게 아니야. 필요하다면 넌 죽기라도 해야 해."

나는 인생의 가장 어둡고 구석진 곳에 숨겨진 은밀하고 희망적인 논리를 믿고 있었다.

나는 세상을 신용하고 있었다. 나는 어머니의 부서진 얼굴을 볼 때마다 내 운명에 대한 놀라운 신뢰가 내 가슴속에 자라남을 느꼈다.

전쟁 중 가장 어려운 시기에도 나는 항상 아무 일도 일어나지 않으리라는 느낌을 가지고 위험과 대면하였다.

어떤 일도 내게 일어날 수 없었다. 왜냐하면 나는 내 어머니의 해피엔드이므로.

기차에 몸을 던져 나의 부끄러움과 무력함에서 벗어나버리리라는 생각이 머리를 스쳐갔다.

그러나 거의 동시에 언젠가 세상을 다시 세워 마침내 행복하고 정당하고 자신만

만하게 된 내 어머니 앞에 갖다 바치리라는 격렬한 다짐이 뜨겁게 내 심장을 물
어뜯었다.

내 피가 머리에서 발끝까지 그 뜨거움을 몰아갔다.

일 년 전부터 나는 쓰고 있었다.

나는 벌써 여러 권의 학생 노트를 내 시로 까맣게 뒤덮고 있었다.

나는 내 시들을 한 자 한 자 인쇄체로 써 넣었다.

태은 : 엄마, 어젯밤에 술 취해서 한 말 기억나?

나 : 무슨 말?

태은 : 엄마가 나 같은 사람이 되고 싶댔어.

나 : 너 같은 사람?

태은 : 응, 엄마가 세상에서 만난 사람 중에 가장 멋있는 사람이 나라던데?

나 : 취중진담. 야~ 너 살면서 힘들 때마다 엄마가 했던 말 기억해야겠다.

꼬리표 떼고
꿈꾸기

내가 꿈을 이룬 마법 같았던 지난 몇 달의 시간을 너에게 들려주고 싶구나.

내게는 좋은 말과 좋은 글로 사람의 마음에 꽃을 피우게 하고 싶다는 꿈이 있었어. 어릴 적부터 품어온 꿈이었지만 이룰 수 있을까 하는 회의감과 불신에 진득하니 붙잡고 있지 못했던 꿈이기도 했어. 꿈을 품고 가슴이 뛰려고만 하면 어김없이 내 등에 붙어버리는 꼬리표가 있었는데, 늘 그 꼬리표에 주저앉곤 했거든. 이를테면 꼬리표에는 이런 말이 써 있었어.

"글은 아무나 쓰니? 넌 능력이 없어. 집에 읽을 책이라도 한 권 있니?"

맞는 말이긴 했어. 어릴 때는 정말 가난해서 읽을 책이라고는 없었거든. 심지어 글도 잘 못 썼어. 백일장에 나가면 어린 내가 읽어도 오글거리는 글을 써서 스스로를 창피하게 만들곤 했거든. '글을 쓰고 싶다고? 이룰 수 없는 꿈이야.' 그 꿈은 금방 저 멀리로 달아나버리더구나.

대학생이 되고 처음 연애를 했는데, 그때 남자친구가 내가 쓴 편지를 읽고 한 마디 하는 거야. 너는 글을 써야겠구나. 맞아. 한때 나는 작가를 꿈꾸었더랬지. 잊고 있었던 꿈이 스멀스멀 올라오더라. 가슴이 막 뛰려는데 또 나를 주저앉히고 내 등에 척 따라와 붙는 꼬리표가 있었지. 작가는 그럴 만한 자격을 가진 사람만이 꿈꿀 수 있는 일이라는 꼬리표는 참 강력했어. 그때의 엄마는 아주 약한 사람이었나 봐. 엄마 등에 붙은 꼬리표에 바로 꼬리를 내려버렸단다.

엄마는 스물여섯에 결혼을 했어. 결혼을 했더니 더욱 강력한 꼬리표가 붙어버렸지. 대한민국 '아줌마'. 이 꼬리표는 그때까지 내게 붙었던 그 어떤 꼬리표보다 힘이 셌어. 뭔가 꿈을 꾸기만 하면 '너는 아줌마잖아?' '너한테는 아이들이 있잖아?' 하는 목소리가 나타나 스스로 꿈을 접게 만들고 말았지.

네 옆으로 17년의 세월이 지나가는 동안 엄마는 네 옆에서 함께 꼼지락거렸다. 책을 읽고, 일기를 끄적거리고, 내가 꾸는 꿈을 조금씩 꺼내보면서 말이야. 눈에 띄는 결과물이 있거나 남에게 보일 만한 성취를 이룬 것은 하나도 없었지만 자주 책을 읽고 드문드문 글을 쓰는 일을 하면서 지내왔어. 언젠가 꼭 글을 쓰고 싶다는 그 꿈을 어디 도망가지 못하게 내 안에 잘 담아둔 채 말이야.

지난여름의 일이다. 아주 더운 어느 오후였지. 엄마는 한 권의 책을 읽고 있었어. 《어떻게 아이들을 사랑해야 하는가?》라는 책. 야누쉬 코르착, 처음 듣는 이름이었다. 책을 읽는데, 온몸에 전율이 이는 거야. 바로 이런 책이다. 내가 꿈꾸던 장면이 바로 이런 장면이지. 이렇게 좋은 책을 나도 쓰고 싶었던 거야. 지구상의 누군가가 내가 쓴 글을 읽고 감응하는 것. 그때 내 온몸의 세포가 일제히 환호성을 부르는 걸 엄마는 똑똑히 들었어.

이렇게 좋은 책은 어떤 출판사에서 내는 거지? 궁금했다. 아줌마니까 또 용감하게 찾았지. 블로그 주소가 나오더라고.

블로그에 올라온 글을 찬찬히 보는데 가슴이 심하게 뛰면서 알지 못하는 느낌에 사로잡혔어. 이 출판사에서 내 책을 내줄 것 같다는 느낌.

엄마는 마음을 담아 편지를 썼어. 그동안 써 두었던 글들 중에서 괜찮은 글을 몇 편 고르고 내가 출판하고 싶은 책이 어떤 책인지, 어떤 의미를 갖는지를 보기 좋게 정리해서 기획서라는 것도 만들었지. 출판사 대표님한테 메일을 보내고 난 뒤에야 '내가 무슨 일을 저지른 거지?' 했단다. 처음 해보는 일들이었지만 두려움에 지지 않고 그냥 저질러봤던 거야. 무슨 용기에서였는지 모르겠지만 내 마음이 그렇게 시켰고, 시키는 대로 해본 거지. 안 되면 그만이지 뭐. 잃을 것도 없잖아 하는 마음이 있어서 가능한 일이었던 것 같아.

어떻게 되었을까? 짜잔. 정확하게 2주일 뒤에 출판사 대표님께 전화가 왔어. 만나자고 하시기에 대표님 마음이 바뀔까 봐 그 다음 날 바로 대표님 댁으로 날아갔지. 무슨 일이 벌어졌을까? 정말 신기하게도 내 머릿속에 그림 그려졌던 그 장면이 그대로 재현되었어. 엄마가 대표님과 막걸리를 마시면서 책 계약에 관한 대화를 하게 된 거야.

그 뒤로 일은 일사천리로 진행되었어. 계약서 작성하고 한 달도 안 되어서 초고 최종본을 넘겼지. 목구멍까지 차올랐던 이야기가 있었나 봐. 노트북만 앞에 두면 귀신에 들린 듯 글이 막 쏟아져 나오더라. 글이 막혀 숨을 고른 적이 없었어. '일필휘지'라는 말의 뜻을 엄마는 그때 알았다.

드디어 엄마 이름 석 자가 또박또박 박힌 책 한 권을 내놓게 되었지. 《지방엄마의 유쾌한 교육혁명》. 내 등에 붙은 수많은 꼬리표의 무게에 눌린 채 '너는 안 된다'며 끊임없이 방해하는 열등감의 목소리에 기가 죽었지만, 그래도 조금씩 준비해왔더니 원하는 것을 이룬 날을 맞이한 거야.

물론 꿈꾼다고 다 이루어지는 것이 아니라는 것을 엄마도 잘 알고 있어. 나 또한 이룬 일보다는 못 이룬 일들이 천배는 많아. 아니까 '꿈을 꿔, 꿈을 이루도록 노력해'라는 말이 지금의 청춘들에게는 또 다른 채찍질이 될 수 있다는 생각이 들기에 조심스럽기도 해.

　그런데 말이야, 꿈마저 꾸지 않는다면 어떤 희망을 가질 수 있을까?

　사회는 우리 등에 자꾸 꼬리표를 붙이고 있어. '흙수저니까 안 돼' '지방대 출신이라 안 돼' '아줌마라 안 돼' '못생겨서 안 돼'……. 자꾸 안 되는 꼬리표를 붙여주고 스스로 포기하게 만들어. 그러면 정말 포기해야 할까? 지레 겁먹고 도망가 버려야 할까?

　엄마는 그러기도 싫고, 그래야 한다고 말하기도 싫구나. 포기하기 싫어. 된다는 보장은 없지만 적어도 꿈꾸는 동안은 행복하니까. 엄마는 마음이 시키는 대로 꿈꾸자고 말하고 싶구나. 용기는 이럴 때 내는 거라고 네게 꼭 전하고 싶다.

　내가 꾸는 꿈을 다 이룰 수는 없어도 적어도 스스로의 삶의 주인은 될 수 있어. 사회가 우리에게 요구하는 대로 '적당히' 살아가는 것이 아니라 내가 원하는 삶의 모습으로 살아가는 힘은 바로 꿈꾸기에 있다고 엄마는 믿어 의심치 않아. 꿈을 꾸면 어느덧 그 꿈대로 살아가고 있는 눈부신 자신을 발견할 수 있게 된단다.

　내 등에 붙어있는 꼬리표는 나만이 뗄 수 있음을 꼭 기억하렴. 바로 내가 간절하게 꾸는 꿈의 크기로 말이야.

신화의 힘 / 조지프 캠벨 모이어스. 이윤기 역 /
2002. 이끌리오

엄마가 좋아하는 소설가 중에 이윤기 선생님이 있단다. 신화에 정통한 분이기도 한데, 이분이 가장 좋아하는 신화종교학자이면서 20세기 최고의 신화해설자로 명성이 자자한 이가 조지프 캠벨 모이어스야. 그리고 그의 대표적인 저서가 《신화의 힘》이지.

있잖아. 살다 보면 나날의 삶에 심드렁해지거나 등에 붙은 꼬리표 때문에 위축되고 서러워질 때가 있는데, 그걸 나름대로 이겨내는 방법이 있단다. 그건 바로 '나의 내면에는 나도 모르는 거대한 힘이 있다'고 되뇌는 거야. 몇 번 되뇌다 보면 신기하게도 정말 내 속에 엄청난 것이 있는 듯 믿어져. 그러면 힘을 다시 낼 수 있는 거지. 신화의 힘은 엄마에게 바로 그 힘을 깨닫게 해주는 아주 좋은 안내서였어. 캠벨이 말하는 신화는 우리 삶을 깊고 풍성하게, 싱싱하게 살아 뛰게 하는 상징이자 힘이야. 우리의 삶을 권태로움에서 벗어나게 하는 마음속의 신비로운 영역, 그곳에 신화가 자리 잡고 있다는 거다.

"천복을 따르라. 네 안에 있는 지혜와 힘에 마음을 모아라. 깊게 들여다보고 그 목소리에 너를 맡겨라." 신화가 주는 명확한 메시지란다.

캠벨이 안내하는 대로 네 안의 천복을 찾는 여정에 나서보렴. 네 등에 수없이 와서 붙을 그 꼬리표가 아니라 네 안에 있는 힘이 이끄는 삶을 살아갈 영감을 얻을 수 있을 테니.

천복을 따르라. 천복을 좇으면 나는 창세 때부터 거기에서 나를 기다리던 길로 들어서게 된다. 내가 살아야 하는 삶은 내가 지금 살고 있는 삶이다. 자기 천복을 좇는 사람은 늘 그 생명수를 마시는 경험을, 자기 안에 있는 생명을 경험할 수 있다.

사는 곳을 성화시켜라. 침묵의 공간과 시간을 구축하라. 그곳에 여백이 생긴다. 여백이 있을 때 자기 내면이 밝게 드러난다. 천복을 찾을 수 있는 성소는 여백이 있는 시간과 공간이다.

한 사람의 저작을 모조리 읽어라. 가벼운 자기계발서, 달콤한 베스트셀러를 기웃거리지 말고 한 사람의 정신세계를 구석구석 더듬어라. 어느 순간 정신이 활짝 열리면서 관점이 확장되는 때가 온다.

이래라 저래라 시키지 않고 그저 지켜보다가 가능성 하나를 일러주는 지혜로운 스승을 섬기다 보면 다른 차원의 삶이 열린다.

태은 : 무슨 책 읽어?
나 : 《미쓰윤의 알바 일지》.
태은 : 알바?
나 : 너도 각오해야 할 미래의 일이야.
태은 : 알고 있어.

즐거운 일을
계속해 나가는
'단단한 마음'

대학원 다닐 때는 소설이 쓰고 싶었어. 물론 금방 포기한 꿈이지만 말이야. 예전이나 지금이나 막연하게 글을 쓰고 싶다는 꿈이 있는데 이때는 딱 꼬집어 소설이라는 걸 쓰는 사람이 되고 싶었어. 소설 쓰는 동아리에도 들어갔을 정도니까 나름대로 잘해보고 싶은 마음에 노력이라는 것을 했던 시절이기도 했다. 소설을 읽으면 가슴이 콩닥콩닥 뛰었고, 유려한 문장을 짓는 작가들이 질투가 날 만큼 부러웠지. 작가들의 삶을 거꾸로 되짚어 살펴보면서 내게도 소설가가 될 가능성이 조금이라도 있는지 늘 쟀던 것 같아. 하루는 부풀었다가 하루는 푹 꺼져버리는 상태가 왔다 갔다 하는 날들이 이어졌지.

그러다가 소설가가 될 수 없다는 자각을 하면서 포기하게 되었어. 보니까 소설가들은 죄다 어릴 때부터 책도 엄청 많이 읽었고 천재성이라는 것을 가지고 있더라. 그런 경험과 재능이 없는 나는 절대 소설가는 될 수 없겠다 손을 들어버리고 만 거야. 역시 사람의 인생이 마음먹은 대로, 설계하는 대로 풀려가는 것은 아니구나 하는 마음이 더 두꺼워졌어. 포기하는 마음인 거지.

그런데 말이야, 지금의 엄마라면 포기하기보다는 조금 더 붙잡고 노력해보는 방법을 선택했을 것 같아. 소설을 쓰고 싶었으면 되든 안 되든 시간과 정성을 들여 쓰면 되는 거였어. 그랬다면 지금, 소설을 쓰고 있을지도 모르지. 너무 쉽게 포기했다는 아쉬움이 들어. 아니, 그때 누군가가 조급하게 성과를 보려는 내 마음을 조금 만져주기만 했어도 어쩜 난 노력을 지속했을지도 모른다는 생각도 들고. 어쨌든 핑계지. 간절하게 원하는 꿈이 아니었을지도 몰라. 간절하게 원했다면 누가 뭐라든 그 길을 곧게 갔을 테니까.

네 삶 역시 네 계획대로 착착 이뤄지지는 않을 거야. 많은 변수들이 생길 거야. 계획대로 이뤄진다면 그것도 참 재미없는 일일 거다. 삶에는 의외성이라는 게 있어야 또 신나는 것 아니겠니?

계획대로 안 되더라도 말이야, 지금 네가 즐거운 일을 하나쯤 찾아서 꾸준히 시간의 공을 들였으면 하는 당부를 하고 싶구나. 가슴 뛰는 일, 즐거워서 미치겠는 일을 미래에 어떤 결과를 가져올 것인지 계산하지 말고 그저 지금 묵묵히 해나가는 성실성을 보여주었으면 해.

책을 읽거나 글을 쓰는 일이 즐거우면 없는 시간이라도 만들어 너를 그 앞에 데려다놓으렴. 요리하는 일이 즐거우면 네가 한 요리 앞에 사람들을 앉혀두는 시간을 자꾸 가져야 한다. 여행할 때마다 가슴이 벌렁거려 미치겠거든 이것저것 재지 말고 자꾸 떠나봐.

지금 즐거운 그 일을 지속해나가려면 '단단한 마음'이 필요해. 엄마가 말하는 단단한 마음이란 사는 일이 아무리 바빠도 자신을 즐겁게 만들어주는 그 일을 악착같이 해나가는 마음을 뜻하는 거야. 그래서 시간을 제물로 바쳐 오래도록 단련할 준비가 되어 있는 마음을 뜻한단다.

10년이든 20년이든 그 즐거운 일이 변함없이 너의 심장을 뜨겁게 한다면, 그 일은 네게 엄청난 반전을 선사할 거야. 너를 먹여살려주는 밥이 될 수도 있고 너를 전문가로 세워줄 수도 있어. 어쩌면 바쁜 삶 중에 쉬어 갈 수 있는 쉼터가 되어주기도 할 것이고, 너로 하여금 자꾸 새로운 꿈을 꾸도록 추동하기도 할 거야.

아무리 바빠도, 아무리 사는 것이 힘겨워도 지금 네 가슴을 뜨겁게 하는 것을 놓치지 말아라. 조금 여유가 생기면 그때 하겠다는 생각은 하지 말고, 여유가 생기는 때를 기다리지 마.

네 삶의 시간을 쪼개서 네가 좋아하는 일에 바치는 것이 그 무엇보다 중요하다는 걸 잊지 않았으면 해. 지금 너를 기쁘게 하는 그 일을 어떻게 하면 더 자주, 더 많이 할 수 있을까를 중심에 두고 계획을 짜렴.

어차피 안정적인 삶이란 이제 불가능에 가까운 꿈이 되어버린 사회에 우리는 살고 있어. 안정된 직업을 갖기 위해 너무 많은 삶의 대가를 지불하고 있는데, 그럼에도 그 안정이라는 것을 가지기가 어렵게 된 거지. 그렇다면 불안정한 삶이라는 것을 당연하게 받아들이면서 그 불안정함을 충분히 즐기면서 사는 것도 유쾌한 삶의 전략이 아닐까 싶다.

지금 너를 설레게 하는 일이 있니? 할수록 가슴이 뛰어 미치겠는 일이 있니? 그 일을 지속시켜 나가도록 해. 시간을 들이고 정성을 들여 자꾸 가꾸어가도록 해라.

미래에 무엇인가를 이루기 위해서가 아니라 지금 행복하기 위해서야. 지금 기쁘고 행복한 그 일을 자꾸 해야 네 삶에 윤기가 생겨. 비록 지금 네가 비루한 현실 안에 있더라도, 네 어깨에 얹어진 짐이 무겁더라도, 네가 좋아하는 그 일을 놓지 말길 바란다. 네 삶을 반질반질 윤나게 하는 것은 지금 너를 웃게 하는 그 일이란다.

즐거운 일을 지속시켜 가기 위해 제일 필요한 것은 그 어떤 것에도 지지 않을 단단한 마음이라는 것, 꼭 품어두어라.

미쓰윤의 알바일지 / 윤이나 /
2016, 미래의 창

스물네 가지의 알바를 하며 12만 시간을 차곡차곡 쌓아왔고, 스스로 마감 노동
자라 일컬으며 프리랜서 작가로 살아가는 이의 일기이자 생존의 기록이 《미쓰윤
의 알바일지》다. 출판된 지 얼마 안 된 따끈따끈한 신간이야. 서른 살까지만 받
을 수 있는 워킹 홀리데이 비자로 호주에 나가 고군분투한 이야기를 씨줄로 삼고
한국에서의 다양한 알바 경험을 날줄로 삼아 뜨겁게 기록해 나간 비정규직 여성
의 당찬 자립기라고 엄마는 읽었다.

정규직을 얻기 위해 시간을 제물로 바치는 대신 다양한 알바로 생활비를 벌되 자
기만의 언어를 가지고 삶을 꾸려나간 작가가 얼마나 대견한지, 이런 책은 마구
소문을 내줘야 하는 거다. '프리랜서 작가'의 일 또한 자신이 거쳐온 많은 알바 중
하나라고 말하지만, 엄마는 알고 있어. 그녀에게 글쓰기는 살아가게 하는 힘이고
현실을 버티게 하는 즐거움이라는 걸 말이야.

읽고 쓰는 일만은 놓치지 않고 지금까지 해오고 있다는 것만 봐도 알 수 있지. 육
체적 고단함에도, 시간의 압박에도 지지 않고 계속했다는 것은 '그 일을 즐기고

있다'는 걸 증명하는 것으로 이해해도 되지 않겠니? 작가의 마음 안에는 즐기는 일을 포기하지 않을, 강한 힘이 단단하게 자리를 차지하고 있을 거다. 그러니 이렇게 멋진 책도 쓸 수 있는 게지.

엄마가 그은 밑줄

"저는 좀 더 많은 경험과 영감을 원하는 작가로서 이 눈부신 브리즈번에서 여러 가지 일을 통해 다양한 경험을 할 준비가 되어 있습니다"라든가, "저는 친절하고 유머러스한 사람이며, 제가 과거에 그랬던 것처럼 이 직책의 일을 즐기고 잘 해낼 것입니다"와 같은 문장이 적힌 커버레터와 알바 이력이 빼곡한 이력서를 수정하며 일주일을 보냈다.

돈 패닉, 이나. Don't panic Ina
그거면 돼. 어떤 상황이 와도, 발밑의 세상이 갑자기 쫓아가기 힘든 속도로 돌아가거나 나쁜 일이 막 쏟아지더라도 돈 패닉 이나, 돈 패닉. 목동의 방송국으로 출근하던 6년 전. 미친 듯이 쏟아지는 일 속에서 비명을 질러대던 막내 시절에도 누군가 그렇게 말해주었다면 좋았을 텐데.

바벨을 내려놓아도 스케이트를 벗어도 인생은 계속되는데, 내려놓을 수 없어서 벗을 수 없어서 그 무겁고 불편한 것들을 안고 끼고 살아가는 사람들을 생각했던 어떤 밤처럼 나는 쉬지 않고 울었다. 누군가 왜 우냐고 묻는다면 김연아가 은메달을 따서 억울해서 운다고 말해야지. 내 꿈의 은퇴식이라는 건 끝까지 비밀로 할 생각이다.

내 앞날은 우주가 아닌데도 어림짐작으로 더듬어야 할 만큼 캄캄하지만 그래도 아직 찾고 있는 중이라고 노래할 수 있을 테니까.

태은 :　뭘 그렇게 오래 걸어? 걷는 게 지겹지도 않아?

나 :　　쓰고 있는 글이 잘 안 풀려서 그래.

태은 :　걸으면 풀리나?

나 :　　걷다 보면 풀리더라.

삶의 밑바탕을
다지는 힘

어릴 때 엄마가 살던 집 울타리에는 사철나무가 조르륵 심겨져 있었지. 부지런한 할머니는 일찍 일어나서 마루에 물걸레질을 하셨고, 그 다음엔 봉당에 물을 쫙쫙 뿌려가며 비질을 하셨어. 봉당 청소가 끝나면 마치 의례적인 행위처럼 남은 물을 사철나무 울타리를 향해 확 뿌리셨는데, 엄마는 늘 그 물 뿌리는 소리에 잠을 깼단다.

잠이 덜 깬 눈으로 기어서 마루까지 나와 무릎을 세우고 앉아 잠이 깨길 기다렸지. 눈에서 잠이 걷어져 가면 서서히 마당의 장면들이 눈에 들어오곤 했어. 물기에 반짝이는 사철나무의 잎사귀, 반질반질한 마루, 정갈한 하늘, 그렇게 맑을 수 없는 공기, 춥지도 덥지도 않은 온도……. 그렇게 앉아 있으면 세상이 마치 내 것처럼 만만한 느낌에 사로잡혔고 엄마의 미래에 좋은 일만 가득할 것 같은 설렘에 가슴이 뛰곤 했었다.

조금 전까지 무라카미 하루키의 《직업으로서의 소설가》라는 에세이를 읽었다.

역시 하루키! 하루키의 삶을 읽고 있는데, 앞서 말한 30년 전의 마당 풍경이 떠올랐단다. 마루에 앉아서 느껴보았던 미래에 대한 설렘, 세상에 대한 만만함이 마음 가득 차오르는 거야. 하루키처럼 성실하게 삶을 대하는 태도만 가지고 있으면 두려울 것이 없겠구나 하는 용기를 얻었다고나 할까?

하루키는 35년 동안 한결같이 글을 써 왔어. 천재성 따위는 애초에 없었던 평범한 사람으로서 매일 다섯 시간씩 정해진 시간에 정해진 분량의 글을 쓰고, 남는 시간에는 책을 읽고 번역을 했으며, 하루도 거르지 않고 달리기를 해왔다고 해. 성실하게 절제된 생활을, 오로지 글을 잘 쓰기 위해 35년간 지속해왔다는 거야.

이 책을 소설가를 꿈꿨던 옛날에 만났으면 달라졌을까 하는 생각을 잠깐 했다. 지금이라도 하루키와 같은 꾸준함으로 엄마의 의식 저 밑바닥에 있을 원석을 찾아나가다 보면 뭐라도 할 수 있을까? 아직은 내 손길이 닿지 않은, 나도 모르는 의식 저 밑바닥에 놓여있을 가능성을 믿고 싶어진다.

하루키의 표현대로라면 거창한 것이 필요하지 않아. 꾸준하게 지속하는 힘만 있으면 된다는 거야. 그 꾸준함이 내 등을 따뜻하게 밀어줄 것이니 그저 주어진 하루 동안 원석을 캐기 위한 일들을 하기만 하면 돼. 하루키가 매일 했던 것처럼 책읽기, 글쓰기, 달리기 이 세 가지를 각자의 삶에 맞게 변형해서 매일 성실하게 하다 보면 누구나 가지고 있는, 의식 저 밑바닥에서 끓고 있는 가능성들을 끌어올릴 수 있는 거지.

성장을 지향하는 사람들에게 가장 훌륭한 도구는 책읽기와 글쓰기, 적절한 신체적 운동이라는 것에 전적으로 동감한다. 엄마가 이제까지의 편지에서 책읽기와 글쓰기가 네 삶을 어떻게 바꿔줄 것인지, 네 삶을 어떻게 성장시켜 줄 것인지 이야기해 왔던 것과 통하는 내용일 거다.

오늘 편지에서는 매일 하는 '신체적 운동'이 가지는 힘에 대해서 이야기해보려고 해.

하루키가 "매일 하는 달리기가 삶의 밑바탕을 통째로 바꿔주었다"라고 표현했을 정도로 '운동'이라고 칭해지는 신체적 움직임은 아주 중요하단다. 하고 싶은 일을 지속적으로 할 수 있게 만드는 근본적인 힘도 신체에서 나오는 것이고 어떤 상황에서도 지지 않을 마음의 힘도 그 뿌리는 신체에 있기 때문이지.

하루키는 하고자 하는 일, 꿈꾸는 일에 대한 지속력을 몸에 배게 하는 아주 좋은 방법으로 기초체력을 몸에 배게 할 것, 다부진 육체적 힘을 획득할 것, 자신의 몸을 자기 편으로 만들 것을 제시하더구나. 하루키에게 매일 하는 달리기는 일종의 만트라(mantra, 기도나 명상을 할 때 외우는 주문)이기도 했대. 아무리 하기 싫은 날에도 운동화 끈을 조여매고 나서면서 '이건 내 인생에서 아무튼 하지 않으면 안 되는 일이다'라는 주문을 걸었다더라.

35년 동안 매일 스스로에게 이런 주문을 걸면서 달리기를 했던 힘이 지금의 하루키를 만들어주었다고 해.

삶의 큰 전환은 사소하지만 구체적인 일상에서의 변화를 통해서만 가능하단다. 움직이기 싫어하는 무거운 몸을 움직여 걷고 달리는 일은 엄청나게 대단한 일이야. 삶의 밑바탕을 갈아엎고 새롭게 세우는 기둥이 되어주는 일이지. 나라는 존재로 세상 한가운데 버티고 서 있으려면 다리의 힘부터 받쳐줘야 하는 거다. 마음의 힘, 의지 따위를 백날 부르짖어도 실체로서의 네 몸에 힘이 없다면 마음의 힘은 저절로 강해지지 않는 거란다.

거창한 무엇을 이루려 하기 전에 오늘 잠깐의 시간이라도 내서 일단 바깥으로 나가는 것부터 시작하는 거야. 걷거나 뛰는 거다. 매일 몸을 단련시키는 일을 무엇보다 우선순위에 두고 해보는 거야. 네 삶의 밑바탕을 단단하게 다지기 위한 일이다. 시간을 두고 지속한 뒤에 생기는 변화는 네가 상상하는 그 이상의 것이 될 거라고 자신 있게 말할 수 있다.

엄마도 매일 걷는 일을 계속해온 지 햇수로 4년이 되었어. 4년 전에는 상상도 할 수 없는 일이었지. 스스로 대견하게 여기고 있어. 4년 동안 지속하니까 몸에 근력이 단단하게 붙었어. 어지간한 일에는 피곤해지지도 않고, 체력이 받쳐주니까 웬만한 일은 거뜬하게 처리할 수도 있게 되더라. 무엇보다 중요한 것은 자신감을 얻은 거야. 내가 내 몸을 바꿔봤다는 경험은 굉장히 큰 것이더라고. 내 몸을 내 의지대로 컨트롤할 수 있다는 자신감은 내 삶까지도 내가 원하는 방향으로 끌고 갈 수 있다는 배짱을 주기도 했어.

예전 같으면 도망갈 구실을 만들고 포기할 빌미를 만들어 기어이 그만두고 말았을 어려운 도전들도 '일단 해보지 뭐' 하게 되더구나. 첫 번째 책을 쓰게 된 것도 걷기로 단련된 몸의 힘이었다고 생각해.

살다 보면 괜히 불안감에 빠져들 때가 있지. 잘 하고 있다가도 문득 두려워지는 거야. 앞날이 막막해지고 지금보다 더 나빠질 수도 있다는 예감에 사로잡히기도 해. 엄마라고 별수 있겠니? 수시로 허방에 빠지지. 허방에서 기어오르게 하는 일이 바로 나가서 걷는 거야, 그냥. 어제와 다름없이 오늘도 여전히 걷는 거지. 걷다 보면 불안감이 서서히 안개처럼 걷혀지고 설명할 수 없는 힘이 그 자리를 채우는 느낌을 받게 돼. 지금 내가 확신을 얻을 수 있는 것은 '어쨌든 걷고 있다'는 현실과 '지치지 않고 지속하는 무엇을 가졌다'는 사실을 통해서란다.

밖으로 나가볼까? 별것 아닐 수도 있고 별것일 수도 있는 네 몸을 움직이는 일을 지금 해보자. 걷든 뛰든 기든 달리든 뭐든 좋아. 네 삶의 밑바탕이 서서히 변해가는 장면을 눈으로 볼 수 있게 될 거야.

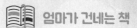

쇠이유, 문턱이라는 이름의 기적 /
베르나르 올리비에, 임수형 역 /
2014, 효형출판

베르나르 올리비에는 은퇴를 한 이후에 지독한 우울증에 빠졌어. 삶에 대한 그
어떤 의욕도 남아있지 않은 상태였지. 그렇게 아무것도 하고 싶지 않은 시간을 딛
고 콤포스텔라 길(스페인과 프랑스 접경에 위치한 기독교 순례길로 1993년 유네
스코 세계문화유산으로 지정됨)을 걷게 되었어. 묵묵히 걷다 보니까 서서히 육
체가 단단해졌고, 그 안에서 긍정적인 생각과 삶의 계획들이 차오르게 되었다.
걷는 행위가 가져온 기적이라 할 수 있지.

걷는 동안 베르나르 올리비에에게는 미래에 이루고 싶은 계획이 생기게 돼. '출
발을 잘못해서 자신의 삶에서 의미를 찾는 데 어려움을 겪고 있는 아이들을 돕는
일에 여생을 바치면 어떨까?' 하는 내면의 목소리를 따라 시작한 것이 바로 쇠이
유 프로젝트란다. '쇠이유'(SEUIL)란 '문턱'을 뜻하는 프랑스 어로, 잘못을 저지
른 아이들이 걷기를 통해 사회의 문턱을 넘길 바라는 뜻이 담겨 있지. '걸어서 문
턱을 넘는 프로젝트', 멋지지 않니? 범죄의 언저리에서 벌을 받고 있는 청소년들
에게 기회를 주는 거야. 믿을 만한 어른과 함께 3개월 동안 국경을 걸으면서 아
이들은 과거와 단절하고 스스로 영웅이자 자기 삶의 주체로 설 수 있는 힘을 얻

게 돼. 걷기가 바로 자기 변혁의 도구가 되는 거지.

《쇠이유, 문턱이라는 이름의 기적》은 '걷기'를 통해 자기 삶의 문턱을, 세상이 그어놓은 한계의 문턱을 훌쩍 뛰어넘은 청소년들의 이야기를 담은 책이란다. 다 보면 당장 나가서 걷고 싶은 마음이 요동칠 거야. 비록 '국경'까지는 아니더라도 걷는 일이 삶에 가져다 줄 수 있는 건강한 변화를 이 책에서 읽어낼 수 있기를 바라.

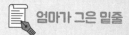 엄마가 그은 밑줄

걷기를 하면서 피로와 나약함과 분노를 이겨내고, 과거와 단절을 이뤄낸다. 몸을 다시 일으키고 삶을 다시 일으켜낸다.

걷기는 완벽한 삶을 추구하는 것이 아니라 자신의 문제를 마주하고 삶의 기쁨을 인식하기 위한 내면의 여정이다.

걷기를 완주하여 자기 자신에 대한 신뢰를 회복한 아이는 자신 있게 사회로 걸어 들어간다.

모든 종류의 장거리 걷기는 내적인 변모를 불러일으킨다. 걷기란 언제나 내적인 시간 속으로 나아가는 일이며 길 위에서의 생생한 현존과 여정에서 막 사라져가는 것을 동시에 체험하게 한다.

나 : "당신 말에 의하면 가깝던 사람들이 멀어져 간다고 했는데 그것은
당신의 주위가 넓어지기 시작했다는 증거입니다." 이 문장, 정말 좋지?

태은 : 무슨 책이길래 이렇게 좋은 문장이 있어?

나 : 《그 한마디에 물들다》를 읽고 있는데, 좋은 문장이 진짜 많다.
지금 너한테 필요한 말 같아서 들려주는 거야.

태은 : 좋다. 밤에 들어가서 읽어봐야지.

셈치고 놀이,
어때?

이어폰을 꽂은 채 누가 보면 '미친년'이라 하지 않을까 싶게 혼자서 '좋다 좋다' 하면서 열심히 걷던 중이었어. 마주해서 걸어오던 청년이 내 앞에 갑자기 멈춰서는 거야. 그 청년도 이어폰을 꽂고 있었는데, 내 앞에서 이어폰을 빼더니 말을 건네더구나. 공원길이었고, 지나가는 사람들도 있었지만 겁이 많은 엄마인지라 모르는 남자가 갑자기 말을 거니까 잠깐 움찔했어.

그저 길을 묻는 것일 뿐이었어. 청년이 가고자 하는 곳은 왔던 길하고는 정반대 쪽이더라고. 내가 가는 방향으로 30분을 더 걸어가면 찾는 곳이 나온다고 말해주고는 다시 열심히 걷기 시작했지. 이어폰을 꽂은 채 내 앞에 서서 씩씩하게 걸어가는 청년의 등을 보니까 괜히 놀라 혼자 경계했던 마음이 미안해지더라.

한참 청년의 등을 보며 걸어가고 있는데, 그 청년이 멈춰서더니 나를 향해 성큼성큼 걸어와서는 할 말이 있다는 거야. 당황스럽긴 했지만 그 청년의 이야기가 궁금해서 함께 걸으며 이야기를 나누었지.

대학교에 막 입학한 남학생이었어. 조금 전까지 동아리 대면식에서 선배들과 함께 술을 마시고 나오는 길이래. 1차에서 술을 마시고 2차로 노래방을 갔는데, 그곳에서 얼굴도 바로 쳐다보지 못한 선배한테 혼나고 나오는 길이라 하더구나. 노래를 그것밖에 못하느냐면서 그 선배가 통박을 줬는데, 너무 수치스럽고 화가 나서 뒤도 안 돌아보고 나왔대. 분을 삭이며 집까지 걸어가는 중이라는 거야. 그 선배도 웃기지 않니? 노래를 잘하든 못하든 무슨 상관이래? 자기는 또 얼마나 잘한다고, 후배한테 면박을 주냐고! 내가 들어도 짜증나던데 본인은 더했겠지? 생각하면 생각할수록 더 분해져서 낯모르는 누구에라도 하소연을 하고 싶었던 참이었대.

입학한 지 얼마 안 된 때라 선배들 대하는 게 엄청 힘들다고 하더라. 적극적으로 나서야 사람들도 많이 사귈 수 있다고들 해서 노력은 하고 있는데 잘 안 된다는 거야. 성격이 원래 내성적이라 대화 자리에서 한 마디 용감하게 던졌다가 선배들이 뭐라고 하지 않을까 하는 자기검열에 시달리고 있대. 충분히 있을 수 있는 고민이지.

너도 다른 사람들과의 관계에서 상처를 받기도 할 테니 오늘 편지에서는 이 청년의 고민을 씨앗 삼아 이야기를 풀어 나가볼 생각이야.

어릴 때 읽었던 《소공녀 이야기》 기억나니?

주인공 사라가 아버지가 갑작스럽게 돌아가시고 난 뒤 다락방으로 쫓겨났을 때 말이야, 친구 베키를 자신의 다락방으로 초대해서 같이 했던 '셈치고 놀이'가 있었잖아? 이런 놀이였지. 사라와 베키 앞에는 딱딱하게 굳은 맛없는 빵 한 조각이 있을 뿐이었지만 둘은 '셈치고 놀이'로 멋있는 식탁을 불러들인 거야.

"베키야, 여기 보이는 이 낡은 탁자는 하얀 레이스 덮개가 덮인 우아한 식탁인 셈치자. 식탁 위에는 방금 구워 달콤한 냄새가 나는 사과파이가 있어. 식탁 가운데에는 칠면조 고기가 놓여 있네. 맛있게 먹자!"

눈앞에 펼쳐진 환경은 '가난' 그 자체지만, 자신들이 꿈꾸는 것들이 마치 눈앞에 놓여있는 셈치고 그 안에서 행복을 찾는 것이 바로 '셈치고 놀이'의 핵심인 거야. 사라와 베키는 자신들의 앞에 놓인 비루하고 가난한 현실은 바꿀 수 없었지만, 비참한 현실에 절망하고 주눅 드는 대신 '셈치고 놀이'라는 상상력을 통해 존엄을 지켰던 거야. 굉장한 통찰인 거지.

　살다 보면 네 힘으로 바꿀 수 없는 현실이란 게 수시로 나타날 거야. 특히 사람. 아무리 노력해도 네가 관계 맺고 있는 그 누군가를 네 뜻대로 바꿀 수는 없어. 무슨 말이냐 하면, 서로 잘 소통하고 서로의 입장을 배려해주기만 한다면 관계에서 상처 받을 일이야 없겠지만 모든 사람이 그렇게 할 수는 없다는 거야. 관계 안에서 자주 상처받을 수 있다는 게 더 현실적인 일일 거다. 관계 안에서 상처를 받았을 때 우리는 '선택'이라는 것을 할 수 있는데, 엄마가 네게 권해주고 싶은 것은 사라처럼 관계 안에서 네 존엄성을 스스로 존중하는 방법을 찾으라는 거야.

　모든 사람과 좋은 관계를 맺을 수는 없어. 인정할 수밖에 없는 현실이지. 그래서 나와 주파수가 다른 사람들과 굳이 비루함을 참아가며 관계를 유지하기 위해 노력할 필요는 없는 거야.

　길에서 만난 청년이 동아리 대면식에서 겪었던 그 선배하고의 일도 그래. 문제의 원인을 자기한테서 찾을 필요가 없는 거지. 내가 노래를 못해서, 내 성격이 내성적이어서, 내가 선배의 주파수에 맞추지 못해서 그런 모욕을 겪은 게 아닌가 하고 자책하지 말아야 해.

　문제의 핵심은 그 선배에게 있는 거야. 술에 취했을 것이고, 후배에 대한 배려를 어떻게 해야 하는지 모르는 선배였을 테지. 그런 선배를 청년의 의지로 바꿀 수는 없어. 굳이 그 선배와 잘 지낼 필요도 없는 거야. 그냥 자기와 맞지 않는 사람이었던 '셈치면' 되는 거야.

　이 얘기를 들려주었을 때 환해지던 청년의 얼굴은 잊히지 않을 것 같아. 말라서 홀쭉하게 들어가 있는 자기 배를 문지르며 "아, 위로가 되네요" 하던 말도 오래 기억될 것 같구나. 자기가 무슨 잘못을 했는지 되짚느라 속이 터질 것 같아 아무나 붙잡고 얘기를 털어놨는데 '그런 사람인 셈치라'는 말을 듣자마자 속이 확 풀렸던 거지.

너도 기억해둬. '모든 사람'과 잘 지낼 수는 없어. 이런저런 관계 안에서 예기치 않은 상처를 받을 수도 있어. 너와 주파수가 맞지 않는다면 상처를 받으면서까지 그 사람에게 맞추려 하지 말고 '셈치고 놀이'로 쿨해져라. 내가 잘못해서, 나한테 원인이 있어서 그런 상처를 받는 거라고 자책하지 말고. 내 힘으로는 어떻게 바꿀 수 없는 그 사람의 성격이고 성향인 셈치는 거지. 하필 그런 사람이라서 나와 주파수가 맞지 않을 뿐이라고 그렇게 툭 털어버리는 거야. 관계 안에서 비루해지지 않고 자신의 존엄을 지키는 걸 배우는 건 아주 중요해.

빨강머리 앤이 하는 말 / 백영옥 /
2016, 아르테

'주근깨 빼빼 마른~' 하면 바로 노래가 흥얼거려지는 《빨강머리 앤》. 너도 잘 알
고 있지? 엄마가 만난 아이 중에 앤만큼 긍정적인 아이는 또 없을 거야. 세상이
생각대로 되지 않는다고 절망하는 대신 생각대로 되지 않아 생각지도 못했던 일
이 일어난다고 말하는 아이가 우리의 앤이지. 삐쩍 마른 말라깽이에 얼굴도 못생
겼고, 주근깨투성이에 머리는 홍당무 같다고 대놓고 말하는 린드 부인에게 "아주
머니처럼 야비하고 무례하고 인정머리 없는 사람은 본 적이 없다"고 야무지게 따
지는 빨강머리 앤이야말로 '셈치고 놀이'의 대가라 할 수 있을 거야. 앤은 관계 안
에서 결코 비굴해지지 않아. 이쁨을 받으려고 자기의 본성을 거스르지도 않지.
앤에게 배우고 싶은 '관계에서의 당당한 자세'다.
《빨강머리 앤이 하는 말》은 어릴 적 대부분의 아이들이 보아왔던 애니매이션
《빨강머리 앤》을 어른이 된 뒤에도 계속 옆에 두고 보아온 작가 백영옥이 쓴 에세
이야. 《빨강머리 앤》을 읽으면서 위로받기도 하고 희망을 보기도 한다는 솔직한
글의 울림이 오래 전해지는 책이야. 인간관계에 실패하고, 소설가가 되고자 했던
오랜 꿈을 이룰 길은 요원하고, 하던 일마저 그만두고 천장만 하염없이 바라보고

있던 그때, 작가는 '빨강머리 앤'이 내밀어주는 손을 잡고 일어선 거야. 그리고 힘을 내서 오랜 소원이었던 소설가로 등단을 한 거지.

빨강머리 앤이 내민 손을 잡고 힘을 낼 수 있었던 소설가가 다시 내미는 손을 우리도 잡아볼까?

 엄마가 그은 밑줄

기다리고 고대하는 일들은 좀처럼 일어나지 않는 게 실제 우리의 하루다. 하지만 그럴 때 앤의 말을 꺼내보면 알게 되는 게 있다. 희망이란 말은 희망 속에 있지 않다는 걸. 희망은 절망 속에서 피는 꽃이라는 걸. 그 꽃에 이름이 있다면 그 이름은 아마 '그럼에도 불구하고'라고.

거리낌 없이 직설을 퍼부은 린드 부인 같은 사람은 어디에나 존재한다. 솔직하게 자기 의견을 말하는 게 건강하다고 믿는 부류들 말이다. 이런 사람들이 한결같이 주장하는 게 '나는 뒤끝은 없다'라는 것인데, 사실 자기가 하고 싶은 말을 다 해버리는 사람들에게 뒤끝이 있을 리 없다. 무례하긴 해도 앤이 린드 부인에게 화를 내는 장면은 통쾌하기만 하다. 부당함에 대응해 화를 낸다는 게 요즘 같은 세상에서 얼마나 어려운가?

나 :　　우리 딸 눈 좀 보자.

태은 :　또 무슨 잔소리를 하려고 시동을 거시나?

나 :　　눈치 빠르기는…….

태은 :　엄마 눈만 보면 알아. 도사가 됐지.

소통하려면
눈부터 들여다봐

스톡홀름의 어느 전시장에 독일 사진가 마틴 쉘러의 사진들이 전시되어 있다는데, 대부분 길이가 1미터는 족히 되는 크기에다 사람의 얼굴을 크게 클로즈업해서 여권사진처럼 정면에서 찍는 게 특징이래. 사진 속 얼굴은 얼마나 리얼한지, 눈의 실핏줄과 눈가의 주름, 콧잔등의 모공, 볼 위의 작은 점까지 아주 선명하게 보이지. 게다가 눈맞춤이 가능한 높이에 전시되어 있어서 사진을 보는 사람은 누구라 할 것 없이 사진 속 주인공의 눈 속으로 빨려들어 갈 것 같은 느낌에 빠진다고 해.

금방 눈물이 또르르 흘러내릴 것같이 촉촉한 눈, 과거와 현재와 미래의 시간이 몽땅 들어있는 듯 깊이를 알 수 없는 눈, 사랑에 빠져있는 눈, 무엇인가를 간절하게 그리워하는 눈이 사진을 보는 나에게 말을 건네는 거지. 곁에 있는 사람의 마음을 아는 것은 천 길 물 속을 아는 일보다 어렵다지만, 어쩌면 눈을 마주치는 것만으로도 사람의 마음을 알 수 있을지 모른다는 생각이 들어.

사랑하는 사람의 눈은 속일 수가 없어. 경멸하는 사람을 바라보는 눈을 위장할 수 없듯이 말이야. 그렇기에 우리는 누구에게든 눈을 늘 잘 마주칠 수 있어야 한다고 말하고 싶구나.

요즘 엄마는 강의 시작할 때 옆에 앉은 사람과 다정하게 마주보고 눈을 20초 동안만 맞춰보라고 부탁을 한단다. 대부분의 수강생들은 깔깔 웃음을 터트리며 굉장히 쑥스러워하지. 눈싸움을 하듯이 눈에 힘을 주면서 20초를 버티는 사람도 있고 따스한 눈길로 상대방을 바라봐 주는 사람도 있단다. 그들을 보면 대부분 20초가 엄청 길게 느껴질 정도로 누군가의 눈을 바라보는 일을 자주 하지 않았다는 걸 알 수 있어. 다정하게 쳐다보는 것이 어색하지만 따뜻하고 좋았다는 사람들도 많아.

사실 우리는 사람들의 눈을 잘 쳐다보지 않는다. 집에서는 거실에 모여 있어도 대부분 서로를 보기보다는 텔레비전을 보지. 스마트폰의 화면을 쳐다보는 일은 이미 습관이 되어버렸고. 카페에서 친구들과 함께 앉아 있어도 각자의 스마트폰 화면에서 눈을 떼지 못하는 풍경들도 자주 본다. 엘리베이터를 타면 또 어떻니? 다들 눈이라도 행여 마주칠까 싶어 숫자판만 쳐다보고 있단다. 우연히라도 모르는 사람의 눈길과 허공에서 만났을 때 한 번씩 웃어주고 싶은데, 그럴 일이 별로 생기지 않는 게 오늘날의 풍경이라 안타깝구나.

사랑하는 가족들과도 눈맞춤을 잘 하지 않는 지금의 우리는 '불통의 시대'를 건너고 있는 게 아닌가 하는 생각이 든다. 본래 소통이라는 것은 무릇 마음과 마음이 연결되고, 그 연결고리를 통해 무엇이든 새로운 가치가 창조되는 상태를 말해. 무엇보다 소통은 서로의 마음을 만져보려는 어여쁜 욕구를 가지고 서로의 눈을 바라보는 것으로 시작하는 것인데, 서로의 눈을 보려 하지 않으니 소통이 잘 되지 않을 수밖에.

소통은 따뜻한 관계의 공동체를 만들어가는 데 있어서 가장 중요한 키워드고, 미래 사회에 가장 필요한 가치라고 생각해. 소통을 잘해야 하는 이유는 거창하지 않아. 오로지 출발은 '나' 자신이란다. 내가 관계 안에서 성장하고 행복하기 위해서 소통을 해야 해.

우리는 어떤 식으로든 다른 사람과의 관계 안에 놓인 존재다. 관계 안에 놓여 있다는 것은 영향을 주고받아야 된다는 의미지. 식물의 줄기처럼 사람 사이에도 이어져 있는 통로가 있단다. 그 통로를 통해 서로 에너지와 마음과 정보를 나누지.

소통을 잘하기 위해서는 먼저 '소통을 잘하겠다' 하고 스스로의 마음을 세우는 일부터 시작해야 한단다. 가장 구체적인 실천방법이 서로의 눈을 따뜻하게 마주보는 것이지. 사람의 등을 보고는 그 어떤 진정성 있는 소통도 이뤄낼 수가 없는 법이니까 말이야.

소통을 잘하면 그 누구보다 자기 자신이 가장 큰 성장을 하게 된다는 사실을 사람들은 알고 있을까? 곁에 있는 사람과 제대로 된 소통을 하면 그 스스로 이전의 자신과는 전혀 다른 모습으로 변하게 된다는 것을 알아두었으면 해. 그 누구를 위해서가 아니라 자기 자신의 성장과 행복을 위해 소통을 해야 한다는 것이 바로 네게 전하고 싶은 절실한 마음이다.

자, 이제 고개를 들어주겠니? 작고 까만 화면에 네 고운 눈을 주지 말고, 네 눈의 맑은 기운을 옆에 있는 사람에게 전해주렴. 네 눈동자가 네 곁에 있는 사람의 눈동자와 만나 새로운 가치가 만들어지길 바란다. 믿음이 생기고, 우정의 꽃이 피고, 사랑의 에너지가 이곳저곳으로 퍼지는 아름다운 소통의 모습을 사람과의 눈맞춤에서 찾아보도록 해.

사람의 눈을 깊게 들여다보면서, 그 사람의 눈동자 뒤에 숨겨져 있는 삶의 시간들을 읽어내 보렴. 그 사람의 애잔한 모든 감정을 고스란히 네 눈으로 옮겨두려고 노력해봐.

네가 성장하고, 네가 행복하게 되는 굉장한 순간, 감탄의 순간을 맞이하게 될 터이니 지금은 그저 곁에 있는 사람의 눈만 따뜻하게 봐주렴. 그렇게 소통의 첫 단추를 꿰는 일부터 해나가자.

모모 / 미하엘 엔데, 한미희 역 /
1999, 비룡소

다른 사람의 이야기를 정말 잘 들어주는 능력을 가지고 있는 사람을 꼽으라면 가장 먼저 '모모'가 떠오르지.

《모모》는 시간 도둑들에게 시간을 빼앗긴 채 자신과 주변을 돌아볼 여력도 없이 바쁘게만 살아가는 현대인들에게 중요한 질문을 던지는 책이다. 회색 신사들이 야금야금 가져가는 시간들 때문에 사람들은 앞만 보고 달려. 일직선으로 그어진 미래를 향해 내달리기만 하는 거야. 그렇게 앞만 보고 달리는 삶의 치명적인 문제는 주변의 존재들에게 눈맞춤을 하지 못한다는 거야. 눈맞춤을 못한다는 것은 이야기를 나누지 않는다는 것이고, 자기 주변의 존재와 이야기를 나누지 않는다는 것은 모두 각자의 성에 갇혀 기계처럼 시간을 견딘다는 의미란다. 그래서 주변의 존재와 따뜻하게 소통하면서 살아가기 위해서는 회색 신사들에게서 '시간'을 찾아와야 해. 그런데 모모가 바로 그 대단한 일을 해낸단다.

《모모》는 동화책이지만 어른들이 더 읽어야 하는 책이야. '모모'는 시간에 대한 새로운 성찰과 함께 소통이 얼마나 중요한지, 소통의 처음은 존재를 따뜻하게 바라보는 눈맞춤이라고 말해주는 아이란다.

엄마는 《모모》를 읽으면서 우리가 남의 이야기를 잘 들어주지 못한다는 사실을 깨달았어. 그리고 '모모'가 사람들의 이야기를 차근차근 들어주는 장면을 읽으면서 사람과 사람의 소통이 얼마나 어여쁜 꽃을 피워내는지 알게 되었단다.

남의 말을 듣는 건 누구나 할 수 있지. 이렇게 생각하는 독자도 많으리라. 하지만 그 생각은 틀린 것이다. 진정으로 귀를 기울여 다른 사람의 말을 들어줄 줄 아는 사람은 아주 드물다. 더욱이 모모만큼 남의 말을 잘 들어줄 줄 아는 사람도 없었다.

모모는 어리석은 사람이 갑자기 아주 사려 깊은 생각을 할 수 있게끔 귀 기울여 들을 줄 알았다. 상대방이 그런 생각을 하게끔 무슨 말이나 질문을 해서가 아니었다. 모모는 가만히 앉아서 따뜻한 관심을 갖고 온 마음으로 상대방의 이야기를 들었을 뿐이다. 그리고 그 사람을 커다랗고 까만 눈으로 말끄러미 바라보았을 뿐이다. 그러면 그 사람은 자신도 깜짝 놀랄 만큼 지혜로운 생각을 떠올리는 것이었다.

모모에게 말을 하다 보면 수줍음이 많은 사람도 어느덧 거침이 없는 대담한 사람이 되었다. 불행한 사람, 억눌린 사람은 마음이 밝아지고 희망을 갖게 되었다. 내 인생은 실패했고 아무 의미도 없다. 나는 전혀 중요하지 않은 사람이다. 마치 망

가진 냄비처럼 언제라도 다른 사람으로 대치될 수 있는 그저 그런 수백만의 평범한 사람 가운데 한 사람에 불과하다. 이렇게 생각하는 사람은 모모를 찾아와 속마음을 털어놓았다. 그러면 그 사람은 말을 하는 중에 벌써 어느새 자기가 근본적으로 잘못 생각하고 있었다는 사실을 깨닫게 되었다.

모모는 그렇게 귀기울여 들을 줄 알았다.

태은 : 며칠 엄마랑 이야기를 못해서 입에 가시가 돋는 줄 알았어.

나 : 그러니까 우리는 싸우지 말아야 해.

태은 : 엄마한테 할 얘기가 너무 많아. 맛있는 거 먹으면서 말 좀 하자.

나 : 또 먹어야 하네.

마음을 잇는
소통

가장 중요한 삶의 가치인데도 우리는 소통에 대해 생각하고 배우는 시간을 제대로 가지지 못했구나. 권위가 제시해주는 대로 착한 학생처럼 일방적으로 듣는 것에 익숙해져 있어서 어깨를 나란히 하고 서서 내가 하고 싶은 말을 편하게 하거나 상대의 말을 곡해 없이 받아들이는 방법을 잘 알지 못하는 거지.

너도 경험이 있을 거야.

엄마가 학교 다닐 때는 말이야, 월요일마다 전교생이 운동장에 모여 아침 조회를 했단다. 일주일 동안 우리가 알아두어야 할 일들을 전하고, 친구들을 단상으로 불러올려 상을 주기도 하는 시간이었지. 결코 빠지지 않던 교장선생님의 훈화는 길고 지루했으며, 일방적이었어. 기다리고 기다려도 끝날 듯 다시 이어지는 그 말씀들. 귀에 전혀 들어오지 않는 불통의 표상이었지. 심지어 운동장에서 아이들이 쓰러질 때도 있었으니 얼마나 길었던가는 충분히 상상이 되겠지?

교장선생님의 훈화는 우리 사회의 불통을 보여주는 상징이라고 생각해. 서로의 생각과 마음이 오고가는 것이 아니라 권위적인 어른의 말씀만 일방적으로 전달하는 것에 길들여져 온 거지. 그 시간이 두껍게 쌓이다 보니 제대로 소통하는 방법조차 잃어버린 것이 아닐까 여겨지는구나. 거기에 더해 경쟁에서 이기기 위해 자기 삶에만 몰두하다 보니 더욱더 소통과는 거리가 먼 곳에 서 있게 된 거지.

강수돌 교수는 이런 사회를 일컬어 '팔꿈치 사회'라고 명명했어. 타인의 삶에는 관심이 없는 사회, 자기와 상관없는 무수한 것들을 팔꿈치로 툭툭 쳐내는 사회라는 거다. 사회가 이렇다 보니 소통을 제대로 할 수 있는 기반을 서서히 잃어가고 있는 게 아닐까 해.

얼마 전 알파고와 이세돌이 치른 세기의 대결을 기억할 테지. 사람의 능력을 앞지르는 인공지능의 시대가 도래했다고 난리가 났잖아. 하지만 엄마는 아무리 인공지능이 강력해져도 감히 넘볼 수 없는 인간의 능력이 바로 소통의 능력이 아닐까 생각해. 동시성 안에서 주고받는 영향력, 그때그때 달라지는 감정의 맥락들이야말로 인공지능이 절대 취할 수 없는 인간만의 능력이란다.

세기의 바둑 대결에서 비록 이기긴 했지만 알파고는 이세돌의 흔들리는 눈빛, 눈빛 속에 담긴 인간의 고뇌, 슬픔을 표현하는 눈동자의 흔들림을 결코 읽어낼 수 없었다는 것은 아주 중요한 차이가 된단다. 오로지 사람만이 할 수 있는 위대한 능력인 거지. 이기는 게 중요한 게 아니라 눈빛에 담긴 감정의 흔들림을 알아챌 수 있는 게 사람임을 증명하는 거란다. 그러므로 우리는 끊임없이 소통해야 한다. 사람과 연결되기 위해 자꾸 들여다봐야 해.

소통을 잘하기 위해 가장 먼저 해야 할 일은 소통에 잘 맞는 신체를 만드는 거다. 편견이나 고정관념에 사로잡힌 눈으로는 상대를 있는 그대로 볼 수 없단다. 자기만의 프레임으로 상대를 재단하게 되지. 편견이나 고정관념을 버리고 상대의 프레임을 그대로 존중할 수 있는 신체의 상태로 들어서는 것은 소통에 임하기 위한 첫 번째 관문이야.

어릴 때부터 사회화되어 오는 과정에서 성별에 따라, 나이에 따라, 성적 취향에 따라, 종교에 따라 이렇게 저렇게 고정되어온 수없는 관념들을 과감하게 흩뜨려보렴. 세상에 고정되어 있는 존재의 특성이란 없는 거다.

소통을 잘하기 위해서 해야 할 또 하나의 일은 감정을 잘 표현하고 이해할 수 있는 역량을 키우는 것이다. 감정을 나타내는 수많은 표현을 익히기 위해서는 연습이 필요해. 내 감정의 미세한 결을 잘 살려내는 것도 중요하고, 상대의 감정을 잘 읽고 그 뒤에 숨은 욕구까지 예민하게 알아챌 수 있으면 최상의 소통이 가능해진단다.

평상시에 감정을 잘 표현하는 연습을 하면 좋겠구나. 매일 다섯 개 정도의 색다른 감정 표현을 수첩에 적어두고 하나씩 구체적으로 사용해보는 거야. 우리나라 말에 감정을 표현하는 단어가 얼마나 많은지 알게 되면 아마 깜짝 놀라게 될 거다.
다른 사람의 감정도 자주 상상해보렴. 시를 읽고 소설을 읽는 것은 다른 사람의 감정을 읽는 최고의 연습이 되어준다. 자주 읽고 더듬어 사람이 가질 수 있는 감정의 다양한 모습들을 접해보렴. 그리고 실제 사람을 만날 때 적용해봐. 만남의 깊이가 깊어지고, 소통의 폭이 아주 넓어질 거라 자신 있게 말해줄 수 있겠구나.

그 다음에 해야 할 일은 서로의 틀림이 아닌 '다름'을 존중해주는 일이다. 나만의 기준으로 사람을 재단하고 무엇인가를 평가하고 가르치려는 것은 소통을 방해하는 좋지 않은 자세란다. 세상의 기준이 되는 삶의 양식은 없는 법이야. 사람과 사람은 서로 '다른' 것이지 하나는 옳고 하나는 틀린 게 아니란다. 상대를 향해 열린 마음으로 다가가는 것, 있는 그대로의 다름과 차이를 포용하는 것은 소통을 위한 중요한 자세임을 잊지 않기를 바란다.

마지막으로 이야기하고 싶은 소통의 자세는 네 앞에 있는 사람의 삶을 진심으로 궁금해 하는 거야. 자, 네가 사랑하고 싶은 사람이 있다고 상상해보자. 그 사람에 대해서 무엇이든 알고 싶지 않겠니? 무엇을 좋아하는지, 어떨 때 가슴이 뛰는지 자꾸 궁금증이 생길 거야.

사람에 대한 관심이 더해진 질문은 소통에 필요한 자세야. '네 말은 듣고 싶지 않아. 내 말만 들어' 하는 자세는 소통을 방해하는 권위적인 태도지. 대체로 높은 자리에 있는 사람들은 남의 말을 궁금해 하지도, 들으려 하지도 않는 걸 많이 보아왔을 거다.

열린 마음으로 질문을 하려면 관심을 가져야 하고, 관심을 가지기 위해서는 잘 관찰해야 해. 나를 눈여겨봐주고 내 삶을 궁금해 하는 사람이 있다고 치자. 그 사람과 대화를 나누고 싶지 않겠니? 엄마라면 그 사람에게만은 엄마의 마음을 보여주고 싶겠구나.

이런 태도를 가지고 소통의 자리에 서 있다면, 소통을 잘하는 괜찮은 존재로 변화할 수 있게 될 거야. 네가 다른 누군가와 함께 변하고 성장한다면 그 시너지 효과는 엄청난 것이지. 가까운 이웃과 사회로까지 거대하게 퍼져나가게 될 거야. 말들이 여기저기서 자유롭게 통하고, 가치가 수평적으로 이동하는 아름다운 장면이 연출되는 거지. 이보다 더 아름다운 사회에 대한 상상이 어디 있을까 싶구나.

아무리 잘난 사람도 혼자 잘날 수는 없어. 우리 모두, 서로가 있기에 이만큼 살아올 수 있었던 거야. 다른 그 무엇보다 네 곁에 있는 그 사람과 최선의 소통을 하는 일을 제일 우선으로 두는 지혜로운 너이길 바란다.

마음사전 / 김소연 /
2008, 마음산책

"나는 외롭다"는 말을 누군가에게 전달하기 위해 하룻밤을 꼬박 새워본 적이 있니?

우리는 때로 자신의 감정을 신중하지 못하게 전달하기도 하고, 누군가의 감정을 쉽게 이해한다고 단정하기도 하지.

'소통이 잘 되고 있구나'의 핵심은 내 감정이 오해 없이 전달되고 상대방의 감정이 곡해 없이 이해되는 것이 아니겠나 싶구나. 그러므로 소통을 잘하기 위해서는 상대방의 감정을 읽고 내 감정을 섬세하게 표현하는 작업을 해야 하는데, 시인 김소연의 《마음사전》은 바로 그런 작업을 도와주는 책이라 할 수 있단다. 시인의 책이니 얼마나 유려하겠니?

《마음사전》의 서문, 첫 구절은 '외롭다는 말을 설명하기 위해서 하룻밤을 꼬박 새워본 적이 있다'로 시작해. 그런 시인의 책이니 얼마나 공이 들어가 있을지 충분히 기대해도 좋아.

'슬프다'라는 원초적인 감정을 '구슬프다, 애닯다, 비애, 애잔하다, 서럽다, 섭섭하다, 서운하다' 등등의 다양한 언어로 표현할 수 있다는 것을 엄마는 《마음사전)을 읽기 전까지 깊이 생각해본 적이 없었다. 단어 하나하나의 섬세한 차이들을 잘 알아야만 소통도 잘 할 수 있겠구나 하는 걸 알게 해준 책이 《마음사전》이야. 시인의 섬세한 관찰과 집요한 사색으로 빚어낸 '마음에 대한 정의'들을 읽다 보면, 내 마음을 어떻게 표현해볼까 궁리하게 된단다. 소통을 위한 완벽한 준비운동이라 해도 과언이 아닌 그 일을 바로 《마음사전》을 펼쳐보는 일로 시작할 수 있지.

처음에는 칠백 가지가 넘는 마음의 낱말들을 모아서 수첩에 적었다. 미세한 차이를 지닌 낱말들까지 옆에 다 적어두자니 천 가지는 훌쩍 넘는 듯했다. 마음을 나타내는 낱말이 어쩌면 이리도 많을까 신기해하면서 출발한 작업이었지만, 지금은 마음의 결들에 비한다면 마음을 지칭하는 낱말들은 너무도 부족하다는 생각에 도착해 있다.

마음이 칠흑일 때, 차라리 마음의 눈을 감고, 조금의 시간이 흐르길 차분하게 기다린다면, 그리곤 점자책을 읽듯 손끝으로 따라간다면, 이내 사물을 읽을 수 있고, 마음을 읽을 수 있다. 밝음 속에서 읽을 때보다 더 선명하게, 온 마음으로 잘 읽힌다.

감정은 자신만의 습성대로 감정을 지정하고, 기분은 자신만의 법칙대로 감정을 결합하고, 느낌도 자신만의 위치에서 기분을 부감하기 때문에, 감정이 지정한 그 감정에 작은 오류라도 발생한다면, 기분과 느낌은 더 크게 오류를 범하게 된다. 그래서 감정을 정확하고 예리하게 짚어내는 능력이 상실됐거나, 그 능력이 잠시 심술을 부리거나 흥분한 상태라면, 기분이나 느낌을 믿고서 내린 선택은 무참한 결과를 가져오기도 한다.

아무런 반응도 기대하지 않고, 단지 발화에만 의미를 두는, 보다 관대한 경우의 '사랑해'라는 고백은, '내가 당신에게 완전히 흡수되어 이 힘으로 이 생의 고달픈 강을 건너련다'는 의지와 같다.

태은: 윤이는 나처럼 살지 않으면 좋겠어.
나: 너처럼 사는 게 어떤 건데?
태은: 학교에 갇혀서 내 의지대로 못 살고 있잖아.
꼭두각시 같아.
나: 흐음~.

스스로
결정하는 삶

무라카미 하루키의 소설 《국경의 남쪽, 태양의 서쪽》에는 '히스테리아 시베리아나'라는 아름다운 이름의 병이 나온단다. 병명이 아름다울 수도 있다니, 외국어라 낯설어서 그런 거겠지? 실존하는 병인지 하루키가 만들어낸 가상의 병인지는 확실하지 않단다.

하루키가 말하길 '히스테리아 시베리아나'는 삶의 무의미성을 극한까지 느끼는 일종의 정신병인데, 시베리아의 농부들에게서 발견되었다고 해. 추운 겨울 벌판에서 시베리아 농부들은 해가 뜨면 동쪽으로 걸어 나가 하염없이 밭일을 하다가 해가 질 때면 집으로 돌아와 쉬는 일상을 몇십 년씩 반복을 하는데, 어느 순간 자신의 곡괭이질에 의문이 생기고, 생이 무의미하게 느껴지는 순간에 직면하게 된대. '내가 지금 여기서 도대체 왜 이 곡괭이질을 하고 있는가?'라는 의문에 사로잡히면, 일하던 손을 멈추고 태양의 서쪽을 향해 하염없이 걷기 시작한다는 거야. 지쳐 쓰러질 때까지 걷고 또 걷다가, 결국 죽음을 맞이하게 된다는구나.

하루키는 이 병을 통해 목적 없는 삶이 인생을 얼마나 비참하게 만드는지 보여주려 했지만, 엄마의 생각은 하루키와 조금 다르단다. 태양의 서쪽을 향해 걸어간 행위는 무의미하게 반복되던 자신의 인생에 의문을 가진 시베리아 농부가 선택한 '스스로 할 수 있었던 최초의 용감한 행위'였고, 그들은 죽음을 당한 것이 아니라, 스스로 죽음을 선택하고 맞이했다는 거지.

태은아, 수많은 보통 사람들은 시베리아 농부가 보여준 용감한 자기 결정을 평생 한 번도 하지 못하고 죽을 수도 있다는 사실을 슬프지만 인정해야 한단다. 어쩌면 이 엄마 역시 외부의 어떤 기준에도 영향을 받지 않고, 오로지 엄마의 의지와 뜻대로만 삶을 결정하는 각성에 이르지 못한 채 죽음을 맞이할지도 모른단다. 그만큼 자신의 삶을 '스스로' 결정해 나간다는 것은 어렵고도 힘든 일이거든.

우리는 사회라는 거대한 지도 안에서 온갖 것의 영향을 받으면서 지금의 모습으로 꼴을 갖추어 왔어. 우리의 경험, 우리의 생각, 우리의 감정 등 어느 하나 순수하게 내 것이라고 주장할 수 있는 게 없단다. 순백의 존재가 아니라 사회의 가치관이 지나가고 교차해 나간 흔적을 가진 존재라 할 수 있지.

인정하기 싫지만 우리 등 뒤에는 보이지 않는 조종 줄이 달려있단다. 내가 생각하고 내가 움직이는 것 같지만, 우리를 조종하는 사회적인 장치들의 움직임에 우리는 그저 따를 뿐이야. 시베리아 농부가 해가 뜨고 짐에 따라 반복하던 날마다의 일상처럼, 우리도 보이지 않는 줄에 따라 각성 없이 일상을 반복하고 있다고 볼 수 있지.

우리의 삶을 조종하는 보이지 않는 줄을 알아차리고, 스스로의 삶을 자기 의지로 결정해 나가는 것은 우리가 가 닿아야 하는 '자기실현'의 목적지라 할 수 있단다. 청춘의 시간을 용감하게 걷고 있는 너도, 중년의 모퉁이를 돌고 있는 엄마도 포기하지 않고 용감하게 걸어가야 할, 삶의 목표점이지.

자, 자기 스스로 결정하는 삶을 사는 것을 목표로 두었다면, 그 다음 우리가 해야 할 일은 무엇일까?

가장 먼저 할 일은 '나'를 구성하고 있는 것들을 정확하게 인식해나가는 거란다. 진짜 자기 공부를 시작해야 하는 거야. '자신의 삶'을 공부한다는 것은 어떤 사회적인 메커니즘 안에서 '내'가 만들어져 왔는지 크게 조망함과 동시에 나의 내면에 어떤 욕망과 감정이 채워져 있는지를 세심하게 응시하는 작업을 교차해 나가는 것이어야 한다.

나라는 사람이 어떤 맥락에서 만들어졌고 지금 내 것이라고 믿는 수 없는 욕망과 감정들이 어떻게 주입되어 왔는지를 제대로 성찰할 수 있을 때, 우리는 비로소 각성에 이를 수 있게 되는 것이란다. 내 것이 아닌 것들을 구별해내야만 스스로 결정하는 삶에 이를 수 있는 것이지. 그럴 수 있을 때 비로소, 나는 내 삶의 주인이라고 말할 수 있는 자격을 갖추게 된단다.

시베리아 농부들이 곡괭이를 집어던지고 해가 지는 서쪽을 향해 걸어나가는 그 결연한 장면을 상상해보렴. 무의미한 일상에 우리는 무엇을 집어던질 수 있겠니?

'따르는 삶은 살지 않겠다. 스스로 살아가겠다'는 결연한 각성에 이를 수 있는 날을 기다리며, 함께 우리의 삶에 대해서 치열한 공부를 해보자꾸나. 시작은 성실한 자기 인식에서부터란다. 어때? 마음의 준비가 되었니?

엄마도 안개 속을 더듬거리는 입장이지만 네가 손을 잡아준다면, 한 걸음 더 내딛는 용기를 발휘할 수도 있을 것 같구나.

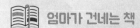

자기 결정 / 페터 비에리, 문항심 역 /
2015, 은행나무

페터 비에리의 《자기 결정》은 《리스본행 야간열차》의 이론적 텍스트라 할 수 있어. 아울러 전작 《삶의 격》에 이은 '삶과 존엄' 3부작 중 두 번째 책이기도 하단다. 《리스본행 야간열차》가 자기 결정을 하기 위해 이제껏 살아온 삶에 질문을 던지고 그 답을 찾는 주인공의 이야기라면, 《자기 결정》은 그 주인공의 심리를 이론적으로 깔끔하게 정리해주는 교과서 같은 거라 할 수 있지.

페터 비에리는 철학자이자 소설가이기도 한데, 재미있는 것은 논문이나 철학서가 아닌 '소설'을 발표할 때는 본명인 페터 비에리 대신 '파스칼 메르시어'라는 필명을 사용한다는 거야. 그래서 《자기 결정》은 페터 비에리의 이름으로 발표를 했고, 《리스본행 야간열차》는 파스칼 메르시어의 이름으로 발표를 했단다.

엄마는 《리스본행 야간열차》를 먼저 읽었고, 그 다음에 《자기 결정》을 찾아 읽었어. 하지만 은이가 읽는다면, 바꿔도 되고, 두 권 모두 읽거나 한 권만 읽어도 상관은 없어. 《자기 결정》은 손에 딱 쥘 수 있을 만큼 얇은 책이지만 내용은 한 손으로는 들 수 없을 만큼 묵직해.

사회 안에서 인간이 어떻게 맥락화되는지, 인간의 의식과 언어가 어떻게 구성되는지를 다루고 있는데, 사회적인 맥락 안에서 스스로 생각하고 인식하고 마침내 스스로 인식과 언어의 주인이 될 수 있으려면 어떻게 해야 하는지를 말해주고 있단다.

 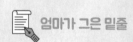

사고에 있어서 성숙해지고 자립적이 된다고 하는 것은 우리가 무엇을 생각한다고 믿게끔 속이는 맹목적인 언어 습관에 잠들어 있던 촉을 세우는 것을 뜻하기도 합니다. 이러한 경각심은 두 가지로 표현할 수 있습니다. 첫째는 정확한 의미를 따져보는 것이고 둘째는 그것이 그 의미를 가졌다는 것을 과연 무엇을 통해 알게 되었는가를 생각하는 것입니다.

자신에 대해 결정한다는 것은 사고를 조망하는 능력과 사물의 명확함을 추구하는 일 모두에 언제나 굽힘 없는 열정을 가진다는 것과 통합니다.

자신이 누구인지 표현하지 않는 사람은 자신이 누구인지 알 수 있는 기회를 놓친다는 뜻입니다.

여기 들어있는 개념을 설명하자면 자신을 표현한다는 것이 별달리 자기 인식을 상실하지 않고도 억제할 수 있는 단순한 장식물이 아니라 오히려 반대로 내 표현의 징표들이 삶의 방식과 그 방식 안의 개별성을 인식하게 해주는 소중하고 어쩌면 필수불가결한 수단이라는 것입니다.

나 :   일본 광고래. 한번 봐봐.

태은 :   나 지금 바쁜데.

나 :   잠깐만 보면 되잖아.

태은 :   (건성으로 흘낏 보고) 멋지네.

트랙을 벗어나
다른 곳으로

눈을 두는 곳마다 연둣빛 천지구나. 네가 보고 있는 4월은 어떤 풍경인지 묻고 싶은 날이다. 창밖 풍경을 바라볼 만큼의 여유는 가지고 있으면 좋겠다 싶은데, 혹시라도 네 앞에 주어진 과제들에 코만 박고 있는 건 아닌지 걱정이 조금 들기도 한다. '인생은 마라톤이다'라는 흔한 비유처럼 자꾸만 네 앞에 놓이는 '일'들에 치여 바삐 뛰기만 하면 어쩌나 싶어.

'누가 인생을 마라톤이라 했는가?'라는 제목의, 일본에서 만든 광고 영상이 있다. 한번 보여준 적이 있지? 너는 건성으로 봐서 기억 못할 수도 있겠다. 엄마가 교육 때 종종 보여주면서 이야기를 나누곤 하는 영상인데, 생각할 거리를 많이 준다.

웅장한 음악이 흐르면서, 비장한 표정으로 출발선에 서 있는 수많은 마라토너의 모습이 영상에 나타난다. 곧이어 출발을 알리는 총소리가 들리고 마라토너들은 뛰기 시작하지. 오로지 앞사람의 등만 보면서 묵묵히 자신과의 싸움을 시작하는 거야. 목표는 결승점. 포기하지 않고 끝까지 뛰는 것이 마라톤의 성공이지.

뛰는 모습에서 결기가 느껴질 즈음, 내레이션이 흐르기 시작해.

"마라톤을 시작한 이상 우리는 계속 달린다. 시계를 멈출 수 없다. 시간은 한 방향으로만 흐르는 법. 라이벌과 경쟁하며 계속 달려야 한다. 더욱 빠르게, 더욱 앞으로 달리는 것이 인생이다."

어릴 때부터 지금까지 익숙하게 들어온 말이지? 삶에는 미래의 어느 지점에 성취해야 할 목표가 반드시 있어야 하고, 그 목표를 향해 열심히 최선을 다해 오늘을 살아가는 것이 인생에 대한 바람직한 태도라고 배워왔지. 누가 뭐래도 묵묵히 자신에게 주어진 삶의 트랙을 꿋꿋하게 달리는 것이 성공을 향한 최선의 노력이라고 교육받아 왔기에 다른 삶을 상상할 여유가 없었단다.

네게 말한 적 있었던 대학교의 신입생 오리엔테이션 교육에서 신입생들은 각자 다짐을 들려주었는데, 엄마라면 '연애를 해보고 싶어요' '친구랑 신나게 놀아보고 여행도 해보겠어요' '그동안 해보지 못했던 일탈들을 마구 해보겠어요' 이런 것을 다짐하겠다 싶었는데, 아이들의 대답은 전혀 예상치 못한 것들이었어.

돌아가면서 발표를 하는데 대부분의 답변이 '더 열심히 공부하겠다' '학점 관리를 잘해서 취업에 성공하겠다' 하는 것이었어. 캠퍼스에 걸려있던 '○○학과 ○○○, 정규직 입사를 축하합니다'라는 현수막의 문구와 묘하게 겹쳐지면서 아주 많이 안타까웠던 기억이 있어.

'대학만 가면 된다'는 목표를 향해 앞만 보고 열심히 뛰어왔을 아이들 앞에 놓인 새로운 목표는 취업이었던 거지. 청년 실업이 심각한 사회문제가 된 지도 꽤 오래된 일이기에 이제 갓 대학에 입학한 아이들마저 또 다시 취업이라는 목표를 위해 누구보다 빨리 준비를 시작할 수밖에 없는 현실. 아이들 탓만 할 수도 없구나.

그런데 말이야, 취업을 위해 달리고 나면 그 다음에는 또 무엇을 위해 달려야 할까? 취업을 하고 나면 적령기에 결혼을 하기 위해 달려야 하고, 결혼을 하면 아이를 낳고, 집을 장만하고, 아이 교육비를 벌기 위해 또 달려야 하지. 아이들이 크면 그 아이들의 취업과 결혼을 위해 다시 달려야 하고, 노후대책을 세우기 위해 또 달려야 해.

과연 우리는 언제쯤 미래를 향한 달리기를 멈출 수 있을까? 그렇게 달리는 동안 주변 풍경을 감상할 수도 없고, 함께 뛰는 사람들과 잠시 쉴 수도 없고, 뒤처진 동료의 손을 잡아줄 수도 없는데, 과연 그 달리기가 행복할까? 힘든 마음을 숨기고 '인생은 마라톤이니까' 하면서 묵묵히 뛰는 것이 최선이라고 말할 수 있겠니? 결승점은 자꾸만 멀어지는데, 어떻게든 결승점을 두 손 들고 통과하는 것이 과연 삶의 성공인지 묻지 않을 수가 없구나.

다시, '누가 인생을 마라톤이라 했는가?' 광고 영상으로 돌아가 볼까?
"더욱 빨리, 내 앞에 놓인 시간을 향해 달려가는 것이 인생이다"라는 내레이션이 흐르고, 카메라가 달리는 사람들의 무수한 등을 비춰줄 즈음, 한 남자가 멈춰 선단다.
그리고 달리는 사람들 틈에서 의문에 찬 얼굴로 질문을 던지지.

"정말 그럴까?"

그러고는 트랙을 훌쩍 벗어나 달리기 시작하는 거야. 배경 음악은 아주 경쾌한 것으로 바뀌고, 한 사람이 다른 방향으로 뛰니까 다른 사람들 역시 또 다른 방향으로 뛰기 시작해. 이쪽저쪽으로 마구마구 신나는 얼굴로 뛰어나가는 사람들이 클로즈업 되지. 바다를 향해 뛰어가는 사람,

친구의 집으로 뛰어가는 사람, 산 정상으로 뛰어가는 사람, 골목길로 뛰어가는 사람 등등이 빠른 화면으로 훅훅 지나가면서, 새로운 내레이션이 시작된단다.

"인생은 마라톤이 아니다."
"누가 정한 코스야? 누가 정한 결승점이야?"

이렇게 도발적인 질문을 던지지. 그리고 결기어린 목소리로 선언을 한단다.

"어디로든 달려도 좋아. 누구나 자기만의 길이 있어. 우리가 만나보지 못한 세상은 터무니없이 넓어. 발을 내딛어. 결승점은 하나가 아니야."

엄마가 네게 힘주어 말하고 싶은 게 바로 이거야. 사회가 네 나이에 맞게 정해준 트랙 위를 열심히 뛰어가는 일이 최선의 노력이라고 여기지 않았으면 좋겠어. 사회가 미리 결정해둔 결승점을 네 삶의 목표점으로 세우지 않기를 바란다.

트랙을 과감하게 벗어나 우리만의 새로운 길로 나아가는 용기를 내볼까? 네가 선택한 새로운 방향은, 그것 자체로 새로운 길이 되는 거야. 그 길에서 너는 네가 만나고 싶은 미래를 만날 수 있게 될 거야. 힘들면 쉬어가도 되고, 풍경을 마음껏 볼 수도 있어. 네가 해나가는 최선의 노력은 아주 다양한 모습으로 나타나겠지. 그 노력이 굳이 사회가 요구하는 노력과 같을 필요는 없어. 어쩌면 다른 모습일수록 너만의 길을 더 환하게 열어주게 될 거란다.

지금 앞사람의 등을 보고 바쁘게 뛰는 중이라면 잠시 멈추고, 영상 속의
한 사람처럼, 네 자신에게 질문을 던지거라.

"누가 정한 길이야? 그 길이 내가 원하는 길이 맞는 거야?"

다른 길이 있다 / 김두식 /
2013, 한겨레출판사

《다른 길이 있다》는 누구와도 똑같지 않은, 자신만의 다른 길을 아름답게 걷고 있는 이들의 따뜻한 이야기를 다정하게 들어주고, 정리한 책이다. 한겨레신문에 일 년 넘게 연재되었던 '김두식의 고백'이라는 인터뷰 코너를 책으로 엮어냈지. 엄마는 신문에 연재되는 인터뷰를 참 좋아했다. 책으로 묶여 나오기를 손꼽아 기다렸지.

김두식 교수는 법학 전공자야. 그가 만일 판사였다면 그 판결문이 얼마나 감성적이고 성찰적일까 기대될 정도로 그의 글은 인문학적 감수성으로 가득하다. 《불편해도 괜찮아》와 《욕망해도 괜찮아》의 저자이기도 해. 엄마는 이 두 권의 책을 읽고 나서부터 김두식 교수의 글을 좋아했지.

인터뷰어로서의 김두식 교수의 능력은 탁월해. 인터뷰이의 삶을 아주 성실하게 되짚어보고, 그들이 써낸 책까지 꼼꼼하게 읽어보고 질문지를 준비해 가고, 한번도 마감 날짜를 어긴 적도 없대. 그만큼 성실한 사람이니 인터뷰이의 이야기를 얼마나 성실하게 들었을지 충분히 상상이 가지?

김두식 교수가 정성들여 듣고 갈무리한 인터뷰 내용에는 인터뷰이뿐만 아니라 인터뷰어의 성찰적 고백까지도 단단하게 들어있단다. 다른 길을 당당하게 걷는 자들의 삶의 면면을 얼마나 다정하게 매만져 내놓았는지, 읽다 보면 그들의 상처와 아픔을 보듬어주고 싶고, 그들의 성취와 영광을 칭찬해주고 싶어진단다. 남들의 기준에 맞춰 사는 대신 자기만의 기준으로 삶의 기둥을 세워나가는 자들의 건강한 자아를 엿볼 수 있는 책이 바로 《다른 길이 있다》야. 책의 제목도 참 따뜻하고 당차지.

엄마가 그은 밑줄

어제 공중목욕탕 욕조에 앉아 있는데, 서너 살 먹은 아이가 아빠랑 앉아 있다가 일어나면서 모르는 사람인 제 무릎을 아무 거리낌 없이 짚는 거예요. 저쪽에 다녀오면서 또 한 번 그러는데, 그 순간 짜르르 느낌이 왔어요. 아가야, 세상이 너한테 내 무릎 같았으면 좋겠구나, 나는 어른으로서 너에게 그런 벽 같은 존재이면 좋겠고. 그런 마음으로 힘닿는 데까지 젊은 친구들, 마음 아픈 친구들, 소수자들에게 무릎이 되고 싶어요.

어느 날 열두 살짜리 큰애가 여덟 살짜리 동생에게 짜증을 내는데 말투가 딱 제 모습인 거예요. 저의 성향이 아이들에게 유전된다는 느낌이 들었어요. 애를 혼낼 게 아니고 내가 바뀌어야 하는구나, 내가 바뀌려면 기본적으로 삶을 바라보는 태도가 바뀌어야겠구나 생각했죠.

우리는 남과 다를까 걱정하고, 외국 애들은 남과 같아질까 걱정하죠. 물론 그림이 되려면 일단 액자 안에 들어가야 해요. 남에게도 인정받을 수 있는 객관성이라는 틀을 갖춰야 하죠. 그러나 액자 안에 들어가면서도 어디선가 본 듯한 그림이 아니라 난생처음 본 그림이라는 느낌을 줘야 해요. 그런데 제가 지금까지 액자 만드는 방법만 가르친 게 아닌지 반성하고 있어요.

원래는 제가 위악적이고 공격적인 애였어요. 재능이 있다고 생각하면서도 모르는 게 탄로날까 봐 늘 두려웠죠. 그런데 마흔이 되던 해 인간적으로 저에게 너무 큰 실망을 안겨준 친구가 있었어요. 그 친구가 자기가 얼마나 불쌍한 존재인지 얘기하며 자기연민에 빠져 변명을 늘어놓는데 그게 딱 제 모습이더라고요. 확 부끄러웠고, 그때부터 되게 많이 달라졌어요. 미안하다고 빨리 말할 수 있게 되었고, 다시 찍자고 부탁할 수 있게 됐죠. 부족한 재능은 다른 사람의 도움으로 채우면 되고, 감독에게 무엇보다 필요한 건 듣는 귀라는 생각도 하게 됐어요.

나 :   드라마 보면서 울었어.

태은 :   뭐 봤는데?

나 :   '청춘시대'라는 드라만데, 거기 준명이라는 애가 너무 힘들게 살아서 마음이 아팠어.

태은 :   뭐가 힘들었대?

나 :   너무 가난해서 알바를 몇 개씩이나 하면서 학교를 다니는 아인데, 자기한테 사랑을
         고백한 남자한테 자기를 좋아하지 마래. 그러면 약해져서 자기가 버틸 수 없다고……

태은 :   마음이 아프네.

나 :   너에게 닥칠 미래이기도 해.

나만 그런 게
아니었어

계절은 때가 되면 어김없이 춥고 덥고를 반복하고, 꽃이 피고 지게 하는데 우리가 사는 세상은 계속 추운 겨울같이 싸늘하기만 하다.

토요판 한겨레신문을 읽다 보니 가슴이 더 묵직하게 가라앉는다. 불안한 징후들, 더 나아질 기미가 없을 것 같은 미래, 상식이 통하지 않는 진짜 이상한 정치…… 뭐 하나 제대로 돌아가는 게 없어 보인다. '각자도생'하기에도 바쁜 사람들의 모습, 곁을 내어주고 다른 사람들의 이야기를 시간 들여 들어주지 않는 우리들, 팔꿈치로 옆에 선 사람을 쳐내지 않으면 불안을 다스릴 수 없는 시간들이 주변에 이리저리 얽혀 있구나.

엄마의 눈에만 보이고 읽혀지는 게 아니라 우리들 누구의 눈에든 다 보이는 사회적이고 시대적인 풍경 안에서 '내가 겪는 경험의 사회성'을 찾아가는 것은 아주 중요한 일이다. 개인이 겪은 아주 사적인 경험도 사실은 사회적이고 역사적인 맥락 위에 놓인 사회적인 경험임을 해석할 수 있어야 한다.

사적인 경험을 사회적 경험으로 이슈화하는 일은, 내가 겪는 문제의 원인과 결과를 자신의 탓으로 돌리지 않고 사회구조적인 원인과 연관지어 생각해보는 일이기도 하단다.

요즘 너희들이 사는 이 나라는 헬조선이라 불리고 있다. 청년들이 포기할 것이 셀 수 없을 정도로 많아 'N포 세대'라지? 취업도 힘들고 연애도 힘들어 모두 포기한다고……. 이 문제를 "너희들의 노력 부족이니 더 열심히 자기계발에 힘쓰고, 더 열정적으로 스펙을 쌓아야 한다"라고 말하면, 이것이야말로 사회의 구조적 맥락은 쏙 빼놓고 개인의 문제로 모든 것을 환원시키는 아주 위험한 담론이 되고 만단다.

힘들지 않겠니? 취업을 못하는 것도, 연애를 포기할 수밖에 없는 것도 모두 개인의 노력 부족이라고 말하는 사회에서 고군분투하는 일이 말이야.

주변을 둘러보았으면 한다. 네 친구들도 대부분 너와 같은 상황에 놓인 것을 확인하고, 네 경험과 친구의 경험을 연결지어보렴. 네가 겪는 그 경험이 친구가 겪는 그것과 다르지 않음을 공유해야 한다. 한 사람의 경험이 두 사람, 세 사람의 경험과 비슷하게 겹쳐질 때 그것이 바로 사회적인 경험이 되는 거란다.

'나만 겪는 문제가 아니었어'를 발견하고 이해하는 것은 아주 중요한 정치적인 작업이다. 나만 겪는 문제가 아니기에 사회적인 연대가 필요하고, 사회적인 연대를 바탕으로 사회구조를 바꾸자는 목소리를 외부를 향해 낼수 있게 되는 거야. 이렇게 된다면 한 평도 안 되는 자기만의 방에서 각자의 스펙 쌓기에 골몰하며 자신을 소진시키는 것과는 다른, 명확한 사회적 변화를 도모할 수 있게 되는 거다.

네가 겪는 소소한 경험과 문제를 사회구조적인 문제로 맥락화시켜 이해하지 않고 네 자신만의 문제로 환원시킨다면 사회 변화는 더딜 수밖에 없다. 그래서 너희들이 겪고 있는 이 무수한 차별과 배제의 경험들을 해결해나갈 수 없단다. 이 말은 여러 사람이 각자 겪는 삶의 이슈들을 사회구조적인 문제로 인식하고 사회적인 해결방법을 요구하지 않는다면 사회구조는 변하지 않고 더 험하게 고착화된다는 의미기도 하다.

사회구조의 변화를 요구하는 것을 아주 어려운 일로 이해하지 않았으면 좋겠다. 특별한 의지를 가진 사람들만이 해낼 수 있는 일이라고 분리시키지도 않길 바란다.

늘 말하듯이 시작은 가볍게 하는 것이 좋아. 무엇이든 네 삶에 용기를 얻기 위한 것이라 여기는 일로 시작하는 것이 중요하다. 네가 겪고 있는 어려움들, 차별받은 경험들, 미래에 대한 두려움과 불안에 잠식되어 있는 약한 마음이 '나만 겪는 일이 아니라는 것'을 알게 된다면 아주 큰 위안을 받을 수가 있어.

엄마는 스스로 못난 아이라 생각하며 20대까지 살았지만 여성문제의 사회성에 눈을 뜨게 되면서 엄청난 용기를 가질 수가 있었단다. 나약하고 못난 내 모습이 사실은 여성으로서 사회화되어 온 결과라는 것을 알게 되고, 나뿐만 아니라 다른 여성들도 같은 경험을 하고 있고 그것이 여성들에게 불리한 사회구조의 문제 때문이라는 것을 알게 되었을 때 진심으로 나자신의 나약함으로부터 해방될 수 있었던 거야.

곁을 둘러보고 친구와 이야기를 나누는 것부터 해보렴. SNS에 올라오는 다른 사람들의 사회적이고 정치적인 목소리들도 이쪽저쪽 가리지 말고 잘 읽어보는 것이 좋다.

20대 너희들이 겪고 있는 삶의 문제를 거시적인 눈을 가지고 들여다보아야 한다. 친구의 경험과 네 경험의 공통점을 계속 찾아보고. 그 원인을 따져보는 연습을 했으면 한다.

눌변–소란한 세상에 어눌한 말 걸기 / 김찬호 /
2016, 문학과지성사

젊은 사회학자 가운데 김찬호는 단연 돋보이지. 그가 써낸 《모멸감》, 《돈의 인문학》 등의 저서는 우리 삶의 문제가 어떤 시대적·사회적 맥락 안에서 구성되는지 성찰하게 하는 힘을 가지고 있다. 특히 《눌변–소란한 세상에 어눌한 말 걸기》는 20대인 너희들이 가지고 있는 삶의 다양한 문제들이 결코 개인적인 문제만은 아님을 공부할 수 있는 텍스트로 손색이 없단다.

학술적인 연구서가 아니라서 어렵지 않게 읽을 수 있는 게 첫 번째 장점이고, 글 곳곳에 저자의 따뜻한 시선이 담겨 있어 읽다 보면 삶의 대안을 찾을 수도 있게 된다는 게 두 번째 장점이야. 신문에 게재했던 칼럼이라 짧으면서도 정확한 메시지가 담겨 있지.

우리 주변의 일상적인 문제와 사회적인 모순, 불평등한 사회에서 겪는 차별의 민낯을 고루 들여다보게 하는 《눌변》을 읽다 보면, 정말로 내가 겪고 있는 문제들이 나만 겪는 문제가 아니구나를 알게 돼. 말했듯이 위로와 힘을 동시에 주는 거지. 무한경쟁의 시스템에 굴복하지 않고 사람다움을 회복해가며 사는 삶, 서로 연결되어 살아가는 것의 아름다움을 사회학자의 논리적이면서도 감성적인 글로 만날 수 있단다. 더불어 좋은 삶의 조건을 탐색하는 데 괜찮은 지침도 알게 된다.

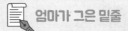
엄마가 그은 밑줄

권력이나 제도의 차원으로 전부 환원될 수 없는 것이 삶이다. 어떠한 정치적 여건에서든 일상은 그 나름의 문법으로 지속된다. 거기에서 스스로 지켜내야 할 그 자유의 몫이 있다. 세상이 아무리 혹독하게 자기를 몰아세우고 모멸감에 빠뜨린다 해도 존귀함을 잃지 않을 최후의 보루를 다져야 한다. 단단하면서도 부드러운 내면의 중심 말이다.

생애의 경로는 우여곡절의 연속이고 뜻하지 않은 변곡점에서 전혀 몰랐던 자아의 모습이나 능력을 발견하기도 한다. 열쇠는 그러한 여정을 자기 주도적으로 이어갈 수 있는가에 있다.

학연, 지연, 혈연의 그물을 드리우면서 저마다 배타적인 이익에만 골몰하는 세상에서 그렇게 광범위한 사회적 연대가 폭발할 줄이야. 이웃의 아픔에 공감하며 온몸으로 그 상처를 치유하려는 긍휼이 바다처럼 출렁이는 모습에서 우리는 인간의 내면에 깃든 신비한 힘을 목격했다.

내면이 허약한 사람들이 권력과 지위를 갖게 될 때 그 힘을 남용하는 과정에서 수많은 사람들을 무력하게 만들어버린다. 그런 역학이 작동하는 배경에는 사회적으로 널리 공유되는 신분관념이 있다. 신분제도는 오래전에 사라졌지만 여러 가지 기준으로 사람들을 위 아래로 나누는 서열의식이 여전히 남아있는 것이다.

태은: 엄마, 나 방향을 잃은 것 같아. 국어 교사가 되고 싶은 마음이 사라졌어.

나: 그럴 수 있지. 뭐 되고 싶은데?

태은: 고민 중이야. '닥터스'를 봐서 그런가? 요즘은 의사가 매력적으로 보이기도 해.

나: 의사는 10년 뒤에 사라질 직업이래더라.

태은: 엄마, 나는 내가 하고 싶은 일이라면 전망 같은 것은 따지지 않을 거야.
엄마도 그래 줘.

나: 나는 사실을 말한 거야. 의견이 아니라…….

스물일곱 번째 편지

유쾌 발랄한
나만의 업

얼마 전에 굉장히 안타까운 소식을 접했다. 공무원 시험 준비 중이던 한 청년이 투신을 했다는 아픈 소식이었다. 유서에는 '남들에게 보이기 위해 공무원 시험을 준비하는 게 힘들다' 하는 내용이 담겨 있었다.

지금 20대를 살고 있는 너희들 모두의 고민이자 삶의 가장 큰 무게가 바로 취업이 아닐까 한다. 청년 실업의 시대, 대학 입학하면서부터 취업을 위해 토플을 공부하고 온갖 시험을 치러온, 그 어느 세대보다 열심히 살지만, 너희들 앞에 놓인 현실은 청년 실업이다. '안정적'이라고 각광받는 공무원 시험 준비에 수많은 20대들이 도전하지만 합격의 기쁨은 소수에게만 돌아갈 수밖에 없는 현실이다 보니 너희들이 가지고 있을 불안과 분노는 가늠하기조차 미안할 뿐이다. 더 노력하라는 말은 정말 하고 싶지가 않구나.

직업을 갖는 일만큼 뜻대로 되지 않는 일이 있을까 싶다.

엄마는 20대에 경제적인 활동을 전혀 하지 않았어. 아니, 직업을 가질 수 없었던 시간이었지. 하고 싶은 일에 대한 고려 없이 성적에 맞춰 대학에 입학하고, 전공을 선택했던 대가를 치르느라 엄마는 20대 내내 '내가 정말 하고 싶은 일은 무엇일까'에 대한 답을 찾으며 보냈단다. 대학을 졸업하고 선택한 일은 하고 싶은 공부를 하기 위해 대학원에 진학하는 것이었고, 대학원을 졸업하고 바로 결혼을 하는 통에 직업을 가질 여력이 없기도 했어.

겉으로 보면 백수요, 아이 키우고 있는 젊은 엄마였지만 엄마가 보낸

20대의 시간은 좋아하는 일을 탐색하고 준비하는 시간이기도 했단다. 돈을 벌지는 못해도, 번듯한 직업을 내세우지 못해도 나 자신에게는 당당했지.

물론, 불안하지 않았다면 거짓말이야. 많이 떨기도 했어. 이대로 이름을 잊고 살게 되는 건 아닐까? 내 능력으로 돈 버는 일은 영원히 못하는 것은 아닐까? 두려웠다. 이 시절의 일기장에는 그런 두려움이 날 것으로 담겨 있단다.

남들보다 조금 더 큰 성취욕을 갖고 있는 엄마니까 그 두려움은 더 컸겠지? 그래도 그 두려운 시간들 속에서 내가 하고 싶은 일은 무엇일까에 대한 탐색은 늘 했다. 언젠가는 내가 가장 잘하는 일로 돈을 벌 수 있을 거야, 내 이름을 새긴 명함을 가질 수 있을 거야 낙관하려 애썼단다.

그렇게 20대를 몽땅 보내고 30대를 맞았을 때는 하고 싶은 일이 명확해져 있었다. 책 읽고 글 쓰면서 아주 천천히 찾게 된, 내가 정말 하고 싶은 일은 남들에게 말과 글로 선한 영향력을 주는 일이었단다. 강단에 서서 말을 할 때 그렇게 신날 수가 없고, 내가 하는 말에 누군가가 힘을 얻고 위로를 받길 간절하게 원하는 걸 보면 엄마가 딱 좋아서 하는 일을 직업으로 선택한 거지.

30대 중반까지는 강사라는 직업을 얻기 위해 분투했지만 강의로 돈 버는 일까지는 이루지 못했다. 번듯한 명함 정도는 새길 수 있었지만 경제력까지 얻을 수는 없었지. 자존심 상하고, 불투명한 미래에 한숨이 자주 나오던 시간이었어.

도대체 언제쯤 꽃을 피울 수 있으려나? 자주 의심이 들곤 했다. 어린 네가 놀고 있는 놀이터 벤치에 앉아 산 뒤로 넘어가는 해를 보면서, 지는 해처럼 산 뒤로 사라지고 싶다는 생각을 수도 없이 했었음을 고백한다.

40대 중반을 향하고 있는 지금은 어떨까? 여전히 만족할 만큼의 성취를 이뤘다고 자신 있게 말할 수는 없다. 하지만 강의가 서운하지 않을 만큼 들어오고, 여전히 강단에서의 내 일에 가슴 뛰고 있다는 사실만은 스스로에게 자랑스럽구나. 어떤 날은 엄마보다 더 잘하는 다른 사람들을 부러운 눈으로 쳐다보면서 스스로 조금 더 성장해갈 것을 다그치고, 또 어떤 날은 '이만하면 됐지' 하는 만족감에 안도하는 널뛰기는 지금도 계속하고 있지만 말이야.

일의 정점에 서 있다는 느낌보다는 아직도 한참 부족한 상태에서 더 많은 일을 욕심내고 있는 시간, 절정의 꽃을 보려면 아직 많은 공부가 필요하다고 생각해.

태은아, 마흔 넘어 살고 있는 엄마도 너와 다르지 않게 여전히 헤매고 있고, 이것저것 재고 있어. 안정적인 기반은커녕 살얼음판 같은 일상을 불안하게 건너고 있다. 이제 겨우 20대를 건너고 있는 너는 조바심으로 서두르지 않았음 좋겠구나. 취업에 대한 과도한 부담은 가지지 않길 바란다. 대학 졸업했으니까 얼른 취업해야지 하는 강박에 빠지지 마렴. 열심히 노력한다고 다 되는 시대도 아니거니와 설사 노력한 만큼 보장받는다 할지라도 네가 좋아하는 일을 탐색하는 과정 없이 안정적이라는 이유로, 때가 되었으니 취업해야지 하는 논리로 직장을 찾지는 않았으면 좋겠다.

네가 살아갈 미래에는 직업을 평균 19번은 바꿔 가면서 살게 된다는 어느 미래학자의 전망이 있더구나. 어차피 안정적인 직장이라는 것은 환상일 뿐이야. 그렇다면 조금은 여유롭게 네가 좋아하는 일을 즐기면서 그것으로 직업을 삼는 모색을 해보면 어떨까 한다. 할 수 있는 일의 지평을 아주 크게 상상해보면 좋겠구나.

네 또래 청년들이 어떤 모습으로 살고 있는지, 네가 꿈꾸는 모습대로 살고 싶은 이가 주변에 있는지 눈을 크게 뜨고 둘러보렴. 남들은 상상하지 못하는 일을 저질러봐라. 실패해도 좋고 비웃음을 사도 좋아. 평균 수명이 길어져서 살아가야 할 시간은 점점 더 많이 늘어나고 있어. 그것은 지금은 헤매도 된다는, 아직은 좌충우돌해도 된다는 의미라고 생각한다.

20대에 뭔가를 이루려 하지 않아도 돼. 눈에 보이는 성취를 이루지 않아도 된다. 지금은 그저 다양한 경험을 하고, 화려한 실패를 하면서 낮게 엎드려 네가 하고 싶은 일이 진정 무엇인지 숨을 고르면 되는 거야. 무엇을 하든 어디서 헤매든 엄마는 널 응원한다. 엄마도 너와 함께 열심히 헤맬 거야.

지금부터는 친구가 되는 거다. 내일의 성장을 위해 오늘을 같이 사는 든든한 친구가 되어 네 곁을 지켜줄게. 네게 삶의 지혜를 나눠줄 정도는 아니라도 네 고민을 누구보다 더 정성껏 들어줄 자신은 있단다. 정답 없는 이 시대를 그냥 같이 걸어줄게. 나는 나대로 너는 너대로 각자의 길을 걷되 지치지 않도록 길동무가 되자.

작고 소박한 나만의 생업 만들기 /
이토 히로시, 지비원 역 /
2016, 메멘토

엄마는 대학원 다닐 때 가난했었어. 공부 욕심이 많아서 시간은 아끼고 싶은데, 생활비를 벌려면 아르바이트를 해야 하니까 쉽게 돈벌 일이 없나 궁리를 해보곤 했어. 그때 상상했던 일 중 하나가 돈은 많은데 책 읽을 시간이 없는 어른에게 내가 읽은 책을 브리핑해주면 어떨까 하는 거였어. 책은 어차피 내가 좋아서 읽는 거니까, 이 좋은 일을 필요로 하는 사람이 없을까 했던 거지. 그때나 지금이나 내가 좋아하는 일로 돈을 벌 수 있는 길에 대한 고민은 늘 하고 있어.

《작고 소박한 나만의 생업 만들기》는 예전에 엄마가 상상했던 그런 일을 하고 있는 사람의 책이야. 저자인 이토 히로시는 삶과 분리되지 않는 일, 자기의 생활 안에서 일거리를 만들라고 이야기하고 있어. 그가 말하는 생업의 목표는 삶을 충만하게 하는 거야. 즉 돈을 벌기 위해 삶을 담보로 삼지 않는 거지. 실제로 이토 히로시는 지난 5년 동안 많은 생업을 발굴하고, 그걸 일로 연결시켰어.
생업의 아이디어는 각자 생활이 다른 만큼 다 다를 수밖에 없을 거야. '일'이라는 것에 대한 발랄한 상상력이 돋보이는 책이니 한번 펼쳐보렴.

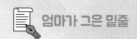

경쟁 없이, 흔들림 없이 생활해나가기 위한 하나의 작전은 각 개인이 자신의 '생업'을 갖는 것이다. 내가 만든 작은 일이 내 곁에 있는 사람에게 도움이 되고 사업이 된다. 너무나 재미있는 일 아닌가?

나는 별 능력이 없어서 한 가지 일밖에 못한다라는 이야기를 하는 사람들이 종종 있다. 하지만 이건 능력이 있고 없고의 문제가 아니다. 옛날 사람들의 생활을 살펴보면 한 가지 일만 하며 살아가는 사람은 매우 드물었다. 곧, 익숙해지느냐 그렇지 않느냐의 문제라는 말이다.

즐겁게 지출을 줄이는 방법을 생각하기 전에 나 자신이 건강하게 게다가 시장경제를 따르지 않고 통쾌하게 살아가려면 무엇이 필요하고 무엇이 필요하지 않은지 통찰할 필요가 있다. 내 경우를 예로 들어보겠다. 우선 건강하게 살아가는 데는 햇볕이 잘 드는 좋은 잠자리, 겨울에 추위를 막아줄 따뜻한 방, 옷 그리고 신선한 채소와 된장과 쌀, 거기에 온천이 있으면 족하다.

'생업을 만든다'는 것은 그것으로 돈을 벌어 생활할 수 있느냐 하는 문제는 별도로 치고, 우선 무언가를 스스로 만드는 경험이다. 이것은 산에 올라가면 눈앞에 눈부신 풍경이 펼쳐지면서 마음이 상쾌해지는 것과 비슷한 감각을 선사한다.

태은 : 내신 공부는 정말 치사해서 못하겠어.

나 : 암기하는 공부라서 재미없지?

태은 : 자존심 상해서 못하겠어. 정말 치사한 걸 물어.

나 : 화끈하게 안 하는 건 어때?

태은 : 용기가 없어 그것도 못하겠네. 밤새도록 책 쌓아놓고 읽고 싶은 날이다.

살아갈 시간들을
위한 공부

고백하자면 엄마는 학교 다닐 때 공부를 잘하던 아이는 아니었다. 수학은 아주 일찍 포기했고 영어도 단어는 열심히 외웠지만 문법은 도통 이해하기 어려웠어. 물리나 지리는 도무지 이해가 안 됐고, 한문이랑 음악은 정말 보기도 싫을 만큼 못했다. 어렸을 때 공부에 대한 기초를 잃어서였는지 이해력이 부족했기 때문인지는 모르겠는데, 고등학교 졸업하기까지 학교에서 하던 공부 모두가 내게는 너무 어렵기만 했어.

지금도 엄마는 무식해. 경제에 대한 상식도 없고, 정치도 잘 모르겠어. 첼리스트가 맞는지 첼로리스트가 맞는지 지금도 헷갈리고, 대화 중에 영어를 섞어 쓰는 사람 앞에서는 긴장하게 돼. 못 알아들을까 봐 말이야. 산수 수준의 숫자 감각도 없고, 한자는 엄마 이름 석 자만 겨우 쓸 수 있을 정도로 '문맹' 수준이지. 이 세상을 40년이나 산 사람이 가질 만한 기본상식도 엄마에게는 없다고 봐야 해.

별 불만은 없어. 아니, 사실 지금 이 정도의 수준에 전혀 주눅 들지 않아. 무식하다고 생각하지도 않고 말이야. 나는 누가 뭐래도 여전히 공부를 하고 있으니까.

학교 공부는 대부분 암기식 공부라 할 수 있지. 주어진 명확한 답이 있고, 그 답을 맞히기 위해 누가 얼마나 효율적으로 암기할 수 있느냐를 테스트하는 공부. 물론 이런 열악한 제도 안에서도 공부다운 공부를 한 사람들이 분명히 있을 테니 일반화할 수는 없겠지만 말이야.

어쨌든 우리 사회는 이런 교육제도 안에서 공부로 인정받은 사람이 사회적 성공까지 보장받을 수 있지. 공부를 잘하는 사람이란 결국 암기를 효율적으로 잘하는 사람이고, 같이 공부하는 사람보다 경쟁우위를 차지한 사람이란 뜻이다. 그래서 모두들 주어진 범위 안에서의 공부를 누가 누가 잘하나 경쟁해왔단다. 엄마도 그랬고, 너희 세대도 그렇다.

우리가 이제껏 해온 일은 공부에 대한 맹목적인 추종이야. 성공을 위해 주어진 목표대로 맹렬히 공부한 것이 이제까지 우리가 해온 공부의 전부였다고 해도 과언이 아닐 거야.

이런 공부가 즐거웠니? 공부를 하는 동안 행복했니? 엄마는 즐겁지 않았고 행복하지 않았어. 낙오자가 되고 싶지 않아서 기를 쓰고 했을 뿐, 하면 할수록 열등감만 생기는 이상한 게 공부였어.

공부가 재미있어진 것은 대학교 들어가서였어. 엄마는 성적에 맞춰 동양철학을 전공하게 됐어. 선택이고 뭐고 없었다. 등록금 싼 데를 찾으니 국립대였고, 국립대에서 내 성적으로 선택할 수 있는 학과는 동양철학밖에 없었기 때문에 고민하는 것도 사치였어.

'동양철학을 전공한다'라고 하면 대부분 사람들의 반응이 '점보는 것 배워서 어디다 쓰냐?' '취직 힘들 텐데' 할 정도로 인식도 안 좋았단다. 사람들의 반응에 발끈하기도 했지만 또 한편으로는 부끄럽기도 했어. 내가 이것밖에 안 되는 사람이구나 하는 느낌은 오래도록 지워지지 않더구나.

동양철학은 어려웠어. 공자니 맹자니 도통 모르겠는 거야. 앞에서 밝힌대로 엄마 한자 실력이 거의 문맹 수준이었으니, 오죽했겠니? 공부 따라가기가 너무 힘들었다. 그런데 말이야, 리포트 쓰고 시험 치는 게 즐거워지는 이상한 일이 생기더구나. 철학이란 것이 결국 자신의 경험 속에서 답을 찾아가는 과정이구나 하는 깨달음을, 리포트 쓰고 시험 문제에 답을 쓰면서 알게 되었어. 수업시간에 들은 내용을 하나도 이해하지 못했으면서도 리포트를 써내고 시험 답안을 작성하면서 공부가 내 삶과 연결되면 재미있을 수도 있겠구나 하는 것을 깨달았던 거지.

선배들을 둘러봐도 너무 멋진 공부를 하고 있더라. 선배들이 동양철학에 대해 말하는 것을 들어보면 어쩌나 그렇게 조예가 깊은지, 술자리에서 벌어지는 토론은 진짜 아름다웠단다. '서울대' 다니는 어느 누구보다 우리 과 선배들이 지적으로 대단해 보였지.

그동안 내가 해왔던 공부는 공부가 아니었구나, 그런 공부는 못해도 되는 거였구나 하는 자각이 그때 생겼다. 학교에 대한 열등감, 취업을 못하면 어쩌나 하는 불안감이 내가 진짜 공부를 즐기게 되었다는 것으로 이겨낼 수 있었다. 공부란 모름지기 하는 동안 즐거워야 하고, 하면서 자신이 성장하고 있다는 느낌이 들어야 진짜라고 생각하게 되었어.

공부가 무엇인지 엄마 나름대로 새로 정의할 수 있었던 중요한 전환점이 된 시기였단다. 그 후부터 나는 공부를 열심히 한다고 말할 수 있게 되었다. 외부의 기준, 바깥의 평가로 본다면 토플 점수도 없고, 우수한 성적표도 없지만 나만의 기준으로는 공부를 좀 하는 사람이라고 본다.

'진짜 공부'를 하게 되면 말이야, 소설을 읽다가 주인공의 대사 한 마디에 가슴이 저릿해져서 책장을 덮고 숨을 고를 정도로 행복해져. 인문학 책을 읽을 때면 조금 더 나은 인간으로 성장하고 싶어져서 자꾸 자신을 채근하게 되거나 내일이 너무 기다려지는 순간을 자주 만나게 돼.

공부하는 순간에는 정말 살아있다는 것이 그렇게 좋을 수가 없고, 계속 공부하는 사람으로 지낼 테니 미래의 불안 따위는 간단하게 물리칠 수도 있게 돼.

무엇을 하며 살고 싶은지 자꾸 탐색하게 만들고, 어떻게 살아야 행복할 수 있는지 질문하게 만들어. 진짜 공부를 하게 되면 무엇보다 지금 현재의 자신을 있는 그대로 사랑하게 돼. 자신을 귀하게 대하도록 만드는 거야. 자신을 귀하게 대했을 때의 느낌을 아는 사람이라면 다른 사람의 인격도 귀하게 대할 테고, 그렇다면 사람과의 관계 맺음은 또 얼마나 유려하게 되겠니?

이 정도면 '진짜 공부'를 해야 하는 이유로 충분하지? 경쟁을 위한 공부는 자신을 소외시킬 수밖에 없지만 보다 나은 삶을 위한 공부는 자신의 탁월함을 발견하게 만든단다. 네가 어떤 공부를 하든 너의 탁월함을 발견할 수 있게 만드는 공부를 하길 바라는 마음이다.

마침 시대적인 변화도 생겼구나. 이제 인간의 암기 능력은 인공지능에는 당할 수 없게 되었어. 그동안 해왔던 학교 공부로는 사람만이 가질 수 있는 탁월함을 드러낼 수 없단다. 경쟁 사회의 폐해도 곳곳에서 드러나고 있지. 소외당한 사람들이 자기보다 약한 사람을 배제시키고, 자기 안의 분노를 폭력으로 표출하기도 하고 말이야.

이제는 누구를 이기기 위한 공부로 인정받을 게 아니라 자신을 살리는 공부, 사람들과 연결될 수 있는 공부로 인정을 받아야 하지 않나 하는 생각이 드는구나. 이런 공부라면 학교를 졸업하면서 끝내는 게 아니라 죽을 때까지 곁에 두고 해야겠지. 살아갈 날들을 위해 하는 공부, 자신을 살리는 공부, 함께 성장하는 기쁨을 맛보는 공부, 삶의 기예를 배우는 공부를 이제는 시작할 때가 왔단다.

친구들과 같이 시작해보지 않겠니? 둘러보면 함께 공부할 수 있는 작은 공동체도 많이 있을 거야. 함께 책을 읽고 꿈을 나눌 수 있는 친구들과 같이할 수 있다면 그보다 즐거운 일이 또 어디 있을까 싶다.

진짜 공부를 시작한다면 네 삶을 네 의지대로 움직일 수 있고, 네 힘을 네가 쓰고 싶은 대로 조절할 수 있게 된다. 네 삶의 주인공으로 바로 세워주는 가장 좋은 방법이다.

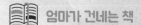

공부의 달인 호모 쿵푸스 / 고미숙 /
2007, 북드라망

몇 년 전에 읽은 책인데, 책장을 아무리 뒤져도 나오지 않더라. 다시 구입해서
읽었지. 고미숙 선생님을 처음 알게 된 것은 《아무도 기획하지 않은 자유》라는
책을 통해서였어. 서점에서 우연히 읽었는데, '연구 공간 수유+너머에 대한 인
류학적 보고서'라는 부제에서 알 수 있듯이 공부 공동체를 꾸려서 도반들과 함
께 공부했던 과정이 잘 정리되어 있는 책이야. 그 뒤로 고미숙 선생님의 행보
를 관심 있게 지켜봤는데, 수유+너머에서부터 감이당까지 정말 매력적인 공
부 공동체를 만들어서 같이 공부하고 같이 먹고 같이 글쓰는 삶을 꾸준히 즐겁
게 해오더라고. 엄마도 언젠가 여기 공동체에서 고전도 같이 읽고 글쓰기도 함
께 하고 싶어.

고미숙 선생님의 저서는 거의 다 읽어봤을 정도로 엄마는 참 좋아해. 《사랑과 연
애의 달인, 호모 에로스》, 《돈의 달인, 호모 코뮤니타스》, 《나의 운명 사용설명
서: 사주명리학과 안티 오이디푸스》, 최근작인 《바보야, 문제는 돈이 아니라니
까》까지 다 읽어봤단다.

네게는 《호모 에로스》와 《호모 쿵푸스》를 꼭 먼저 읽어보라고 권하고 싶다. 《공부의 달인, 호모 쿵푸스》의 부제가 '공부하거나 존재하지 않거나!'야. 핵심이 딱 들어가 있지? 존재하려면 공부를 반드시 해야 한다는 게 고미숙 선생님의 일관된 메시지란다. 심지어 연애도 도서관에서 하라고 해.

자본주의에 잠식되지 않으면서 자신의 삶을 지키며 살아가기 위해서는 공부를 해야 하는 거야. 공부를 뭣 때문에 하느냐고 물으면 선생님은 "남들에게 퍼주기 위해서다!"라고 단박에 말한다.

 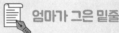

그러므로 절대 10억을 위해, 부귀공명을 위해 공부해서는 안 된다. 아니, 그건 공부가 아니다. 그건 우리 호모 쿵푸스에겐 수치스러운 일이다. 그럼 공부는 뭣 때문에 하냐고? 남들에게 퍼주기 위해서다. 얼마나 많이 퍼줄 수 있느냐가 나의 내공을 결정한다.

최고의 경지에 오르면 "다만 힘차고 유유히 장강과 대해를 헤엄쳤을 뿐인데, 그 기운으로 다 죽어가는 뱀장어들을 살려낸 미꾸라지"처럼 말이다. 고로, 공부해서 남 주자!

앎의 코뮌에 접속하고, 암송과 구술을 익히고, 그걸 통해서 리더십을 터득하는 이 모든 과정을 관통하는 단하나의 키워드를 꼽으면? 바로 독서다.

얼굴도 멋있어지고, 몸도 건강해지면서 동시에 삶의 비전이 확 열리는 길은 무엇일까? 바로 독서다.

독서 없는 연애는 팥소 없는 찐빵, 오아시스 없는 사막이다.

모든 공부가 귀환하는 최종심급, 그것은 바로 글쓰기다.

태은 : 학교 쌤이 요즘은 여성상위시대라 남자가 역차별을 받는대.

나 : 무슨 근거로 여성상위시대냐고 물어보지 그랬어?

태은 : 여성이 여전히 사회적인 차별을 받고 있다는 구체적인 증거도 많은데
왜 그렇게 생각하시냐고 물었더니, 남자들은 모두 그렇게 생각한대.

나 : 안 그런 남자가 훨씬 더 많은데.

태은 : 우리 아빠는 그렇게 생각하지 않는다고 했는데, 생각할수록 화가 나.
자기 생각을 모든 남자들의 생각으로 일반화시키는 게 말이야.

여성주의를
공부하는 일

결혼을 앞둔 어느 날, 너의 외할아버지께서 엄마에게 이런 당부를 하셨어.

"네 인생을 남편 뒷바라지하는 데 쓰지 말아라. 아버지는 네 남편보다 네가 성공한 것을 더 믿는다. 어떤 경우에도 네 이름을 빛내면서 살아야 한다."

내 아버지는 당신의 딸이 고시 공부하는 남편 뒷바라지나 하면서 살기를 바라지 않으셨어.

아버지의 당부를 잘 지켜왔다고 말할 수 있을까? 내 이름을 빛내며 살고 있다고 내보일 만한 성취물은 없지만 자신 있게 말할 수 있는 것은 남편의 어깨에 내 삶을 걸어놓고 살지는 않았다는 거야. 아내의 자리에 나를 맞추느라 내 이름을 숨기지는 않았지. 결혼이라는 제도 안에서 살아가면서 나 자신을 잃지 않기 위해 의식적인 노력이 필요했는데, 엄마는 그 일들을 피하지 않고 무엇을 해야 하는지 고민하고 실천해왔다고 말할 수는 있겠구나.

외할아버지가 엄마에게 했던 것처럼, 엄마도 20대가 될 너에게 '여성으로서의 네 삶을 당당하게 만들어가라' 하는 당부를 하고 싶다.

외할아버지가 엄마에게 한 말씀에는 딸이 결혼을 해서도 여자로서의 삶보다는 인간으로서의 삶을 살기 바라는 마음이 담겨 있지. 엄마도 네가 살아가면서 마주하게 될 여성에 대한 사회적 문화적 차별에 갇히지 않고 당차게 이겨나가길 바라는 마음이야. 딱 떨어지는 정답이 있다면 조목조목 전해주면 좋겠지만, 그런 정답은 엄마도 찾고 있는 중이란다. 다만 여성주의를 공부하는 일이 답을 찾아가는 데 좋은 길잡이가 되어 준다는 말 정도는 해줄 수 있겠다.

다행히 요즘 새로 나온 책들의 목록을 보면 페미니즘에 관한 책들이 많아. 오늘 본 책만 해도 《페미니즘의 검은 오해들》, 《여자다운 게 어딨어》, 《사랑에 미치지 마세요》 세 권이나 되네.

이렇게 출판되고 있는 책들의 흐름을 보면 여성 차별의 문제를 아주 일상적이고 구체적인 현실에서 다루고 있더라고. 읽는 사람에게 '네 삶의 일이야'라고 재기발랄하게 말을 걸어주는 책들이 많이 출판되고 있어서 굉장히 신이 나.

매번 네게 말했듯이 엄마가 살면서 했던 가장 자랑스러운 선택은 '여성학'을 공부한 일이었어. '여성학'을 공부해서 대단한 페미니즘 이론가가 되었다거나, 현장에서 치열하게 운동하는 실천가가 되었다거나 하는 드라마틱한 반전은 물론 없지만 지금의 '나'로 자긍심을 갖고 살게 하는 것의 밑바탕에는 '여성주의자'로 살고 있다는 자의식이 놓여있지.

여성에 대한 사회 제도적 차별, 경제적 차별, 여성에 대한 혐오, 여성에 대한 폭력, 여성을 성적인 대상으로 열등한 존재로 구성해내는 문화 담론들은 우리들의 삶 깊숙이 관여하고 있어.

여성으로서 살아가고 있는 한 자유로울 수 없는 문제지. 여성으로서의 자긍심과 주체성을 갖기 위해서는 여성이 살아가고 있는 사회적인 맥락을 비판적인 눈을 가지고 공부하지 않을 수가 없단다.

여성학은, 특별한 사람들만이 아니라 우리 모두가 공부해야 하는 거라고 말하고 싶다. 왜냐하면 여성과 남성 모두가 잘 살아가기 위한 일이니까 말이다.

엄마가 알고 있는 여성주의는 남성과 대립하자는 이론도 아니고, 남성의 권한을 뺏자는 것도 아니며 여성을 특별하게 대우하자는 논리도 아니야. 이것은 페미니즘에 대립각을 세우게 만드는 오해와 편견일 뿐이지. 남성과 여성이 권리와 의무를 함께 나누자는 것이고, 남성다움과 여성다움의 답답한 옷을 같이 벗자는 말이고, 각자 자신의 존엄을 남자라는 이유로, 여자라는 이유로 훼손시키며 살지 말자는 말이야.

어느 한 성에 대한 사회적인 차별 제도가 있으면 바꿔 가는 게 당연한 일이고, '성'을 이유로 누군가에게 맞지 않는 정체성을 강요하는 일은 거부하자는 거야. 우리 사회에 있는 약자들에 대한 폭력성을 예민하게 포착해내서 해결해 나가자는 것이고, 제발 서로 반목하지 말고 행복하자는 거야. 이게 여성주의야.

엄마는 사회가 만들어놓은 박스 안에 네 삶을 가두지 않았으면 좋겠구나. 우리 사회가 여성의 삶 주변에 그어둔 한계선을 지워버릴 수 있는 용기를 지니길 바라.

한계선을 지워나가는 용기를 키워가기 위해서 공부가 필요한 거지. 여성주의를 공부하는 일은 내적인 힘을 키워준다는 것을 기억하렴. 다행한 일은 여성주의에 관한 새로운 인식이 여기저기서 싹트고 있다는 거고, 성찰에 도움이 되는 좋은 책들이 많이 나오고 있다는 거야. 엄마는 그저 질문만 던졌을 뿐이고, 이제는 네가 공부할 차례야.

딱 한 권을 고르기는 쉽지가 않구나. 네게 공개적으로 보내는 마지막 편지이니, 부록처럼 여성주의에 관해 공부하기 좋은 책들을 붙여둔다. 엄마의 서재에 있는 책들만 골랐어. 같이 읽고 이야기 나눌 시간이 벌써 기다려지는구나.

- 정희진 《페미니즘의 도전 – 한국 사회 일상의 성정치학》 2008, 교양인
- 권인숙 《권인숙 선생님의 양성평등 이야기》 2007, 청년사
- 울리히 벡·엘리자베트 벡 게른샤임 《사랑은 지독한 그러나 너무나 정상적인 혼란》 1999, 새물결
- 엘렌 베스·로라 데이비스 《아주 특별한 용기》 2000, 동녘
- 여성을 위한 모임 《내 안의 여성 콤플렉스 7》 2014, Humanist
- 한국성폭력상담소 《성폭력 뒤집기》 2011, 이매진
- 비르지니 데팡트 《킹콩걸, 못난 여자들을 위한 페미니즘 이야기》 2007, 마고북스
- 로빈 윌쇼 《그것은 썸도 데이트도 섹스도 아니다》 2015, 일다
- 치마만다 응고지 아디치에 《우리는 모두 페미니스트가 되어야 합니다》 2016, 창비
- 윤보라·임옥희·정희진·시우·루인·나라 《여성 혐오가 어쨌다구?》 2015, 현실문화
- 리베카 솔닛 《남자들은 자꾸 나를 가르치려 든다》 2015, 창비
- 록산 게이 《나쁜 페미니스트》 2016, 사이행성

- 오찬호 《그 남자는 왜 이상해졌을까?》 2016, 동양북스
- 한국성폭력상담소 《섹슈얼리티 강의, 두 번째》 2006, 동녘
- 한국성폭력상담소 《보통의 경험》 2011, 이매진
- 경향신문 사회부 《강남역 10번 출구, 1004개의 포스트잇》 2016, 나무연필
- 에머 오둘 《여자다운 게 어딨어: 어느 페미니스트의 12가지 실험》 2016, 창비
- 토마 마티 《악어 프로젝트: 남자들만 모르는 성폭력과 새로운 페미니즘》 2016, 푸른지식
- 레슬리 모건 스타이너 《사랑에 미치지 마세요》 2016, 필요한 책

에필로그

어제의 일은 자주 부끄러움으로 돌아보게 된다. 부끄럽다 해도 내 삶의 한 부분이기에 당당한 언어의 옷을 입혀주기 위해 내가 쓸 수 있는 문장들을 고른다. 저지른 실수들, 잘못 발화된 감정들, 잘하고 싶었으나 이루지 못한 일들, 마음껏 사랑하지 못한 사람들이 내게 자꾸 딴죽을 걸 때, 나는 책 속으로 들어가 묵히는 시간을 갖는다. 책 속에 머물다 내 손을 잡아주는 문장 하나를 만나면 그걸 잡고 삶 속으로 당당히 들어간다.

이를테면 이런 문장이다.

"살고, 실수하고, 타락하고, 승리하고 삶으로부터 삶을 재창조하는 것이다."

제임스 조이스도 실수와 타락까지 삶의 부분으로 당연하게 받아들이고 있구나, 알게 되면 신기하게도 마음속 부끄러움은 지워버려야 할 기억이 아니라 내 삶의 단단한 한 부분으로 자리를 찾게 된다. 책읽기는 이래서 좋다.

책을 읽고, 글을 쓰는 일은 삶을 긍정하는 최고의 방법이라고 생각한다. 삶을 긍정적인 태도로 살아간다는 것은 '내일은 잘 될 거야'라 되뇌며 지금의 비루함을 참아내는 것이 아니라 비루한 오늘 또한 자기 삶의 중요한 장면임을 존중하는 것을 말한다. 못마땅함과 슬픔, 아픔, 좌절 속에 푹 잠겨 있더라도, 이 모든 것에 의미를 부여할 수 있는 품위 있는 언어를 가지는 것, 삶을 살려내는 언어를 가지는 것의 소중함을 꼭 전하고 싶었다.

글을 쓰는 동안 존재 자체로 힘이 되어 줬던, 내 책의 첫 번째 독자 태은이에게 사랑과 응원을 보낸다. 같이 성장해나갈 앞으로의 시간들을 설레며 기다린다.

2016 가을비 내리는 저녁에 쓰다 **김 항 심**

아직도 가야 할 길 /
모건 스캇 펙, 최미양 역 /
2011, 율리시즈

스무 살 전에 알아야 할 성 이야기 /
앤 마를레네 헤닝, 티나브레머—올레브
스키 공저, 김현정역 /
2013 예문출판

네 방에 아마존을 키워라 /
베티 도슨, 곽라분이 역 /
2001, 현실문화연구

우리 그 얘기 좀 해요—가장 궁금한
101가지 /
수 요한슨, 구소영 역 /
2014, 씨네21북스

데미안 /
헤르만 헤세, 안인희 역 /
2013, 문학동네

눈물도 빛을 만나면 반짝인다 /
은수연 /
2012, 이매진

새여성학 강의 /
한국여성연구소 /
2005, 동녘

예언자 /
칼릴 지브란, 유정란 역 /
2012, 더클래식

몸을 살리는 다이어트 여행 /
이유명호 /
2007, 이프

정희진처럼 읽기 /
정희진 /
2014, 교양인

차라투스트라는 이렇게 말했다 /
프리드리히 니체, 장희창 역 /
2014, 민음사

시를 어루만지다 /
김사인 /
2013, 도서출판b

낙타 /
정도상 /
2010, 문학동네

치유하는 글쓰기 /
박미라 /
2006, 한겨레출판

글쓰기의 최전선 /
은유 /
2015, 메멘토

도서관 / 사라 스튜어트 글·
데이비드 스몰 그림, 지혜연 역 /
1998, 시공주니어

새벽의 약속 /
로맹 가리, 심민화 역 /
2007, 문학과 지성사

신화의 힘 /
조지프 캠벨 모이어스, 이윤기 역 /
2002, 이끌리오

미쓰윤의 알바일지 /
윤이나 /
2016, 미래의 창

쇠이유, 문턱이라는 이름의 기적 /
베르나르 올리비에, 임수현 역 /
2014, 효형출판

빨강머리 앤이 하는 말 /
백영옥 /
2016, 아르테

모모 /
미하엘 엔데, 한미희 역 /
1999, 비룡소

마음사전 /
김소연 /
2008, 마음산책

자기 결정 /
페터 비에리, 문항심 역 /
2015, 은행나무

다른 길이 있다 /
김두식 /
2013, 한겨레출판사

눌변·소란한 세상에
어눌한 말 걸기 /
김찬호 /
2016, 문학과지성사

작고 소박한 나만의
생업 만들기 /
이토 히로시, 지비원 역 /
2016, 메멘토

공부의 달인
호모 쿵푸스 /
고미숙 /
2007, 북드라망